책방 여행
퇴근 후

책방 여행
퇴근 후

이연주

프롤로그

나를 비롯해 책을 좋아하는 사람이라면 한 번 쯤 꿈꿔봤을 책방지기. 내가 꾸민 공간에서 좋아하는 책도 실컷 읽고 마음 맞는 사람들끼리 차도 마시고 수다 떨며 사는 것. 그것이 바로 인생이지! 그러나 현실은 녹록치않다. 책을 사는 독자들은 줄고 그렇게 책방도 생겼다 사라지기를 반복하고 있다. 그럼에도 불구하고 도대체 어떤 매력이 있길래 오늘도 동네 책방의 불은 환하게 켜져 있는 것일까?

책방 여행 프로젝트를 기획하면서 정말 사심을 듬뿍 담았다. 내가 가보고 싶은 책방을 고르면서 많이 설레였고, 책방지기의 애정이 느껴질 때면 '그래! 나도 그런 마음이 있으니까 한 번 도전해볼까?!' 하는 욕심이 퐁퐁 샘솟기도 했다. 하지만 현실적인 고충을 들을 땐 남의 일 같지 않았기에 내 책을 통해 독자들이 관심을 갖고, 조금이나마 책방을 찾아주는 발길이 늘었으면 하는 소망을 가득 담았다.

매년 연초가 되면 늘 하는 다짐이 있다. 묵은 지난해와는 과감하게 빠이빠이 하고 올해는 완전히 새로운 나의 해로 만들어 버리는 것. 그런데 왜 꼭 돌아오는 연말이 되면 뭔지 모를 후회로 가득 차는 걸까? 그런 후회를 줄이기 위한 방법을 곰곰이 생각해보면 역시 종착점은 '책'이다.

주위를 둘러보면 우리 곁에 조용히 다가와 있는 동네 책방. 화려하지 않아도 아늑함과 따스함이 가득한, 책 냄새가 콤콤히 나는 동네 책방이 언제나 나를 기다리고 있다. 어떤 책을 골라야 할지 망설이고 있다면 당신의 질문을 기다리는 책방지기가 대기 중이다. 그리고 서가에 꽂힌 다양한 책들이 당신의 선택을 기다리고 있다. 만약 책이 당신에게 다소 어색하다면 우선 책방으로 가서 그냥 앉아있어 보라. 책들이 당신에게 먼저 말을 걸어줄 것이다. 내 발로 직접 가보고 느낀 감상과 책방의 매력, 내가 생각하는 '멋짐 포인트'가 이 책을 읽는 독자들에게 잘 전달되었으면 하는 바람이다.

이 책이 나오기까지 내 글에 대해 언제나 아낌없는 조언을 해준 베프 이소영 작가. 어려운 시국에도 인터뷰를 위해 귀한 시간을 내주셨던 18곳의 책방지기와 무한한 용기와 지지를 보내주신 리얼북스 최병윤 대표와 이우경 편집자, 항상 저를 응원하는 우리 가족 모두에게 고맙고 사랑한다는 말을 전합니다.

이연주

퇴근 후 ,
책방 여행

Chapter 01,

자리잡은 서점, 확고한 취향

Chapter 02,

서점의 변신, 새로운 모습의 서점

저마다의 은밀한 지식을 품고 있는 책들이 주인을 잘 만나기를 바라는 마음으로 오늘도 책을 쓰다듬는 책방지기들의 정성이 마음 깊이 느껴진다.

Chapter 01,

자리잡은 서점, 확고한 취향

책방에 앉아 느긋하게 나에 대해 진정으로 사유할 수 있는 시간을 마주한다면 그 시간이 조금 천천히 흐르더라도 우리의 인생은 더욱 풍요롭고 깊어질 것이라 믿는다.

강릉

고래책방

@gore_bookstore

강릉시 율곡로 2848 (옥천동), 지하1층~3층

매일 09:00–21:00 | 연중무휴

#강릉핫플레이스 #지역문화공간 #바다사랑

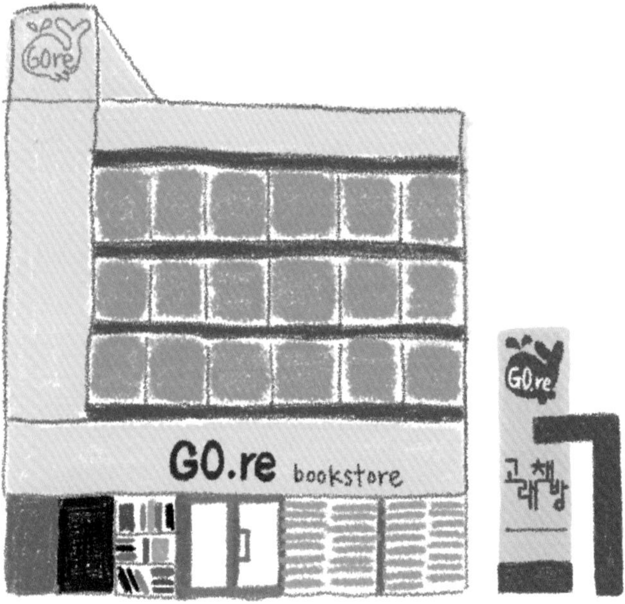

강릉의 감성 여행 핫 플레이스
책과 문화가 공존하는 지혜의 바다
지역에 대한 애정과 탁월한 큐레이션의 결합

강릉 하면 떠오르는 것? 드넓은 바닷가와 해변, 1세대 바리스타 박이추 님을 시작으로 한 커피, 그리고 문화와 책이 함께하는 고래책방! 사진으로만 보던 이곳의 느낌이 어떨까 궁금했다. 깨끗한 하얀 건물에 시원한 통창이 반짝거리는, 책방이라기보다는 세련된 인테리어 회사 같은 건물. 내가 동네 책방에 대한 고정관념이 있었나? 굉장히 생소했다.

문을 열고 들어서니 '와!' 하는 함성이 절로 나올 만큼 층고 높은 탁 트인 공간 벽면에 책들이 가지런히 배열되어 있었고, 입구부터 길을 따라 책이 진열되어 있어 마치 유럽풍 도서관을 연상케 했다.
달콤한 베이커리의 향기가 은은하게 풍기는 가운데 오른편의 넓은 책상에서 많은 사람이 책을 읽거나 차를 마시며 공간을 즐기는 모습이 휴양지인 이곳 강릉의 분위기와 맞닿아 있어 여유로웠다.

큐레이션 명 : 강릉, 매력을 찾다
GO(가다) re(다시), 다시 가 보자!

2018년 12월에 문을 열어 아직 두 돌이 채 되지 않았지만, 2019년 11월 제1회 강릉국제영화제 개막과 더불어 이곳에서 정호승 시인, 김도연 소설가 등 문인들과 함께 영화와 문학이 어우러진 「배롱야담」이 펼쳐지기도 했고, 강릉의 문화와 강릉 출신 문인들의 작품을 담은 지하 공간에 안성기 배우, 김동호 전 부산국제영화제 이사장이 다녀가기도 했다. 이곳을 단순히 책만 파는 공간이 아닌 '강릉'이라는 도시를 담아내고 지역민들과 함께 호흡할 수 있는 문화공간으로 만들고 싶었던 마음을 담아, 강릉 출신 문인들의 책을 언제든 만나볼 수 있는 공간을 따로 마련했다. 입구로 들어와 지하로 내려가는 계단을 조심스레 밟으면 아늑한 또 하나의 작은 공간이 펼쳐진다. 수동 그라인더와 커피 원두가 놓여있는 테이블 옆으로 커피에 관한 책뿐만 아니라 일반 서점에서 쉽게 볼 수 없는 133명 이상의 강릉 출신 문인들만의 작품들로 꾸며진 서가가 인상적이었다.

자그마한 체구에 단아한 인상, 그리고 눈이 맑은 책방지기와의 첫 대면. 독서 인구가 줄고 출판업계가 어렵다고 하는 이 마당에 지방의 작은 도시 강릉에 이렇게 큰 책방을 열 생각, 아니 용기를 가진 그녀가 대단하다는 생각이 들었다. 책방지기는 오랫동안 교사로 아이들을 가르치다가 경단녀(경력 단절 여성) 시절을 경험하면서 내 아이들, 특

히 딸들에게 열심히 일하는 엄마의 모습을 보여주고 싶었고, 그렇게 고민하다 책을 사랑하는 마음과 지역 사회에서 의미 있는 일을 해보고 싶다는 결심으로 이곳에 책방을 열게 되었다. 그 바람을 담아 서점 입구에는 고전 도서들이 진열되어 있는데 어렵더라도 우리 아이들이 이 고전을 읽어낸다면 세상을 살아가는 내공을 키울 수 있을 것이라는 생각이 담겨있다.

다행히 책방지기가 서점을 열겠다고 하니 주위에서 도움을 주겠다는 사람들이 많았다. 특히 고래책방을 자세히 살펴보면 인테리어가 굉장히 고급스럽고 우아한 느낌을 주는데 인테리어를 담당하셨던 분도 이곳이 책방이자 문화공간으로 운영된다는 것을 알고 더 세심하게 신경 써주셨다. 들어서는 순간부터 책방이라기보단 고급스러운 카페

분위기가 물씬 나는데, 북토크와 소모임, 강연 등 각종 문화행사가 이뤄지는 3층은 아트 갤러리를 연상케 할 만큼 편안했다.

> "철없는 사람이 와서 사회적으로 의미 있는 일을 해보겠다고 하니 다행히 많은 분이 도와주셨어요. 사실 힘들어서 숨고 싶은 적도 있었지만 아이들이 보고 있기에 더 힘을 내야겠다 싶었고, 다행히 아직 에너지가 남아 있습니다.

고래책방은 전면을 바라보는 책들로 서가를 꾸몄는데 공간이 넓어서 그럴 수도 있겠지만 다른 대형 서점들과 달리 책이 눈에 잘 들어왔다. 나는 이것이 큐레이션의 힘이라고

생각했는데, 특히 2층에 들어서면 그 느낌을 잘 받을 수 있다. 인간의 삶을 테마로 하여 태어나서부터 그림을 끄적거리고 음악을 듣기 시작해 과학과 역사를 접하고, 철학과 심리학을 사유한 이후 경제를 배우고 의식주를 행한다는 순서로 서가가 배치되어 있다. 책들을 찬찬히 훑어보고 있으니 지식의 에너지가 품어져 나오는 것만 같았다.

"정말 신기한 건요. 하루라도 책을 만져주지 않으면 책이 기운이 없어요. 독자들을 향해 책들이 레이저를 쏠 수 있도록 반듯하게 세워주고 만져주는 일이 중요합니다. 그렇기에 책방을 하는 사람들이 부지런할 수밖에 없어요.

저마다의 은밀한 지식을 품고 있는 책들이 주인을 잘 만나기를 바라는 마음으로 오늘도 책을 쓰다듬는 책방지기들의 정성이 마음 깊이 느껴졌다.

바다를 사랑하는 사람들의 마음을 모아

책방에서 차로 10여 분만 달리면 넓게 펼쳐지는 해안을 만날 수 있는 곳. 심신이 지친 사람들에게 위로와 휴식을 주는 바다지만 아이러니하게도 바다의 건강은 좋지 못하다. 강릉이 바닷가 옆에 있는 도시인만큼 이 지역 소상공인들은 바다 환경을 보호해야 한다는 의무감을 느끼고 있다. 그래서 고래책방도 '바다'와 관련된 기획전을 열고, 관련 책과 예술작품들을 소개하면서 바다 환경보호에 앞장서고 있다.

지난해 7월 오션 카인드와 함께 했던 「해변을 보다」 프로젝트 전시물이 2층 서가 옆에 남아있었는데, 해변마다 다른 모습의 쓰레기 사진을 보면서 지속적인 환경 캠페인이 중요하겠다고 생각했다. 고래책방처럼 지성인들이 함께하는 공간이 앞장서 이런 사회적 책임을 다해준다면 더 좋은 세상이 오지 않을까 하는 기대를 해본다.

> "고래책방은 책과 사람, 그리고 사람과 사람 사이의 가치를 발견할 수 있는 좋은 문화공간이 되고자 합니다. 앞으로도 누구나 편안하게 오고 가며 좋은 책을 만날 수 있는 책방이 되도록 노력하겠습니다.

책방지기의 인생 책 。

이 책을 읽은 후 '고래책방'을 만들었습니다. 나 자신이 주인이 되어 내가 진정으로 하고 싶은 일과 할 수 있는 일, 지역에서 요구되는 일을 살피는 데 큰 도움이 되었습니다.

탁월한 사유의 시선 [최진석 / 21세기북스]

강화

책방시점

@book_seejum

인천광역시 강화군 길상면 마니산로 101-16 (온수리)

화~일 11:00~18:00 | 월 휴무

#셋이집짓고삽니다 #다락방북스테이 #인문학토크

마음이 맞는 친구 셋이서 땅을 사고 집을 지었다.
게다가 1층은 책방이라니!
아마도 많은 사람이 꿈꾸는 모델 아닐까?

책방 시점은 이번 기획을 하면서 제일 먼저 떠올렸던 곳이기도 하며 이전부터 개인적으로 가보고 싶어서 지켜보던 곳이었다. 이렇게 가게 될 줄 몰랐는데 찾아가 보고 싶다고 연락을 드렸더니 흔쾌히 반겨주셔서 더욱 편안한 인상을 받았다.

책방 근처 길 중간에서 내비게이션이 뚝 끊겼다. 게다가 주변은 온통 밭이었고 사진으로 미리 봐서 저기 보이는 하얀 건물이란 건 알겠는데 들어가는 길을 안내하는 마땅한 표지판이 보이지 않았다. 입구를 지나쳐 유턴하고, 다 가서 길을 잘못 들고… 건물을 코앞에 두고 족히 5분은 헤맸다가 책방지기님을 만나자마자 푸념을 했더니, 다 숨겨진 이유가 있었다.

"지나가는 길에 '이런 곳에 책방이 있네?' 하면서 갑자기 들어오는 것보다는 여기가 어딘지 알고 오시면 더 좋겠다고 생각했어요.

북스테이를 겸하고 있는 책방은 이미 입소문으로 유명하다. 예전에 숙박앱을 사용했을 때 '핫 플레이스'로 등극하면서 뜻하지 않게 본래의 목적에서 벗어난 상상을 하고 오시는 분들이 늘었고 여러 부작용이 많아지자 한 달 만에 미련 없이 그만두었다. 책방지기는 찾아오는 손님들에게 중요한 것이 책과 공간이라고 생각했다.

단순히 SNS의 한 컷으로 장식되기보다 이곳에서 '힐링'과 '쉼'을 경험하기를 바랐기에 많은 사람이 오는 것도 고맙지만, 한 분이라도 편안한 공간에서 자신만의 시간을 갖길 바라는 마음이 더 컸다.

셋이서 집 짓고 삽니다만

책방을 시작하게 된 계기가 궁금했다. 개인의 공간이 중요시되고, '나 혼자 산다'가 유행처럼 자리 잡은 요즘, 20대에 만났다는 이들이 한집에 함께 살게 된 것도 쉽지 않았을 텐데 어떻게 이런 프로젝트를 준비하게 됐을까?

이들이 펴낸 책 '셋이서 집 짓고 삽니다'를 보면 나름 번듯한 직장이 있음에도 주거 문제에 대해 고민하지 않을 수 없었던 이유를 알 수 있다. 전셋집을 전전하고, 햇볕의 소중함을 느끼며 살다 보니 어느 순간 '행복'이란 단어와 너무 멀리 떨어져 있다는 생각이 들게 되었고, 진정한 '행복'에 대해 고민하게 됐다. 그렇다고 계획을 바로 실행에 옮기기에는 위험부담이 있었기에 '팟캐스트'를 통해 사전 준비를 해보기로 했다. 매주 게스트를 섭외하고 책에 대한

이야기를 나누면서 그들의 목표를 조금씩 단단하게 쌓아 갔고, 그런 인연을 계기로 책도 쓰게 됐다.
재생지의 다소 투박한 질감이었지만 앙증맞은 세 사람의 그림과 그들의 이야기, 그리고 이런 서점을 꿈꾸는 분들이라면 관심을 가질만한 집의 도면과 비용 같은 현실적인 이야기도 다루고 있다.

많은 이들이 꿈꾸는 라이프. 물론 우여곡절이 많았겠지만, 책방지기와 마주 앉아 이야기를 나누는 내내 마냥 부러웠다. 창문을 통해 들어오는 바람도, 방충망에 붙어있던 사마귀도, 멀리서 들리는 닭의 울음소리마저도. 그래서 나의 바람을 슬쩍 드러내 '사람들에게 좋다고 추천을 좀 해주시라'고 했더니 추천하고 말고의 문제보다도 모든 것은 자기 만족이 우선 되어야 한다고 했다. 내가 만족하는 삶이 우

선이고, 그래야 이곳을 찾아오는 분들에게도 그런 느낌이 긍정적인 방향으로 전해질 수 있으리라.

'시점'이 담긴 인문학 토크

도심의 책방에 비해 접근성이 좋지는 않아 원데이 클래스나 신간 작가의 북토크를 열기가 쉽지 않음에도 매주 수요일 인문학 북토크가 꾸준히 진행되고 있다. 시에서 하는 작은 서점 지원 사업에 선정돼 '강화도'에 맞는 주제로 지역 분들을 대상으로 열리는 인문학 강좌는 반응이 좋아 20명이 넘는 사람들이 참여하기도 했다.

한밤에 이곳에 모여 듣는 인문학 강좌. 도심의 소음이 없는 이곳에서 풀벌레 소리를 배경 삼아 듣는 수업은 꽤나 운치가 있겠다 싶으니 그 또한 이 책방만의 매력이 아닐까. 접근성이 어려운 만큼 지역에 사는 사람들이 아니면 진입장벽이 높을 수밖에 없지만, 대신 마음 먹고 시간을 내어 다락방의 북스테이까지 경험해본다면 나에게 진정한 '쉼'을 선사할 수 있는 멋진 시간이 될 것이다. 그래서 이 책방에는 도심 대형서점처럼 신간이나 인기 있는 책보다는 머물면서 자기만의 관점을 가질만한 책들이 큐레이션 되어있다. 서점의 한 면을 채우고 있는 '시점'만의 '시점'을 통해 책방지기의 마음이 전해졌다.

마음이 힘든 날, 어디든 훌쩍 떠나고 싶은데, 마땅히 갈 곳은 없고 무엇을 해야 할지 모르는 그런 날. 책 한 권 들고 편하게 누워 오롯이 나만의 시간을 보내고 싶을 때 이곳을 찾아보자. 강화도를 오는 길, 주변의 푸르른 산과 바다를 건너는 것만으로도 힐링을 만끽할 수 있을 것이다.

“평범하게 살다가 갑자기 강화도로 오게 된 것도 어떻게 보면 하나의 새로운 시작이고, 변화할 때이기도 하고, 우리의 새로운 관점을 세운 순간이기도 하죠. ‘시점’은 그런 의미와 잘 어울리기도 하고요. 우연히 책방에서 만난 책 하나가 내 인생의 새로운 시점이 될 때가 있잖아요. 우리 책방이 그런 공간이 되면 좋겠습니다. ‘모든 삶은 시’가 되니까요. ‘지금, 우리가 함께할 시점’이에요.

책방지기의 인생 책 。

페이크 인터뷰라는 독특한 기획, 재치 있는 전개, 따복따복 자기 인생을 살아가는 사람들의 이야기 속에 담긴 감동이 한데 어우러진 책입니다. 동네 책방을 하겠다고 결심했을 때, 이렇게 좋은 책을 다른 사람에게도 소개하고 싶었습니다.

유감의 책방 [우세계 / 독립출판물]

책방을 하겠다고 마음먹었을 때 이 책을 보고 많은 영감을 받았습니다. 우리는 모두 자기 인생의 기획자잖아요. 다른 누군가에게 어떻게 내 생각과 기획을 전달하고 제안할 것인지 고민하는 사람이라면 꼭 읽어보면 좋겠습니다.

지적자본론 [마스다 무네아키 / 민음사]

광주

지음책방

@zeum_book

광주광역시 동구 동명로 29 (동명동)

화~토 11:00~21:00 | 일,월 휴무

#다양함을짓는공간 #책방지기가고른책만 #혐오와차별없는삶

|

나에게 지음(知音)이자 다양함을 '짓는' 공간
혐오와 차별을 반대하며 생명을 존중합니다
책과 당신을 사랑합니다

정말 오랜만에 찾은 광주. 사실 나에게 광주에 대한 기억은 어린 시절이 전부다. 어른이 되면서 알게 된 광주는 정치 이데올로기 속에 희생된 아픈 과거가 있는 지역이고, 그래서 지금도 5월이 되면 자신들만의 목소리로 그날을 기억한다는 것. 그리고 지성인들을 이어주는 많은 동네 책방들이 함께 힘을 모은다는 것이다.

특히 그중에서도 눈에 띄는 책방이 있다. 매년 책방지기가 주제를 정하고 그 주제에 맞는 책만 판매한다. 사실 일반 책방은 고객들의 취향에 맞추기 위해 다양한 책을 들여놓기 바쁜데 '내가 정한 책'만 판매하는 책방이라니 이런 뚝심은 어디에서 왔는지 궁금했다.

늦은 저녁 약간 한적한 도롯가 저 멀리 등대처럼 빛을 발하는 책방이 보였다. 입구 유리창을 통해 따뜻한 노란 불빛이 새어 나오고 창문 너머로 보이는 책장의 책들이 나를

반기는 것만 같았다. 문을 열고 들어가니 빈티지한 책들과 엔틱 소품, 그리고 빨간색 블라인드까지. 마치 다른 세상 속 책 동굴에 들어 온 느낌이었다. 책이 엄청나게 많기는 한데 다 판매하는 책처럼 보이지는 않고, 보통 가장 눈에 잘 띄는 서가에 예쁜 표지의 소설들이 쫙 꽂혀있기 마련인데 어려워 보이는 낯선 책들이 입구에서부터 고개를 내밀고 있었다.

지음 책방에는 책방지기 부부(남편은 '사나긴', 아내는 '별공'으로 불린다.)가 20년 넘게 모은 6,000여 권의 책이 가득한데 예술, 과학, 철학뿐 아니라 그래픽 노블, 문학 등 정

말 다양한 분야의 책이 빼곡히 꽂혀있어 책장이 무너지지 않을까 걱정이 들 정도였다.

책방지기 부부는 책방을 시작하기 전 주말부부로 각자의 직장 생활을 이어 나가다가 사나긴의 건강이 악화하면서 직장을 그만두고 별공이 있는 광주로 오게 되었다. 그리고 자신이 '가장 좋아하고 잘하는 일'이 무엇인지 고민하다 책이라는 종착역에 도착했다. 처음에는 공동체에 기여할 수 있는 작은 도서관을 생각했지만, 도서관보다는 책방이 비교적 더 자유롭고 경제 활동과 사회적 기여라는 가치를 추구하기에 적합하겠다는 결론을 내리고 책방을 오픈

했다. 그리고 부부의 평소 가치와 신념, 사회 이슈를 반영한 주제를 정하고 그 주제와 관련 있는 책을 판매하기로 했다. 그렇게 책방의 문을 활짝 열었는데 첫 일 주일 동안 책방지기가 번 돈은 고작 5,000원이었다. 그것도 책을 판 돈이 아닌 커피값이었다. 시행착오도 겪었지만, 점점 경험이 쌓이면서 이제 4년 차에 접어든 지음책방은 책을 매개로 하는 문화공간이자 단골들이 든든히 지켜주는 책방이 되었다.

책은 주제에 맞게! 활동은 다양하게!
아무도 차별받지 않고 공존하는 곳

2018년에는 페미니즘, 2019년에는 동물권, 그리고 2020년의 입고 도서 선정 기준은 '혐오, 차별'이다. 문고리에는 성 소수자를 뜻하는 무지개 끈이 걸려있다. 문을 열고 들어오는 이곳은 아무도 차별받지 않는 곳이자 모든 생명이 존중받을 수 있는 곳을 지향한다.
주제가 정해졌으면 그에 맞는 책이 정해지는데, 책방지기가 직접 읽어보고 함께 사유할 수 있는 책들을 선정한다. 준비된 책이 다 판매되면 주제에 맞는 다른 책이 들어오기 때문에 판매하는 책이 다양하지 않고, 호불호가 있을 수 있다. 다만, 서가에 꽂힌 엄청나게 많은 책은 마음대로 볼 수 있다.

지음책방의 또 하나의 매력은 이곳에서만 맛볼 수 있는 별공표 식사다. 지난해 주제가 동물권이었지만 그 전부터 공장식 축산업에 반대하며 채식을 하던 별공이 그때의 경험으로 비건 지향도 편히 먹을 수 있는 건강한 요리를 만들었고, 자연스럽게 사람들과 나눠 먹던 음식들이 이곳의 대

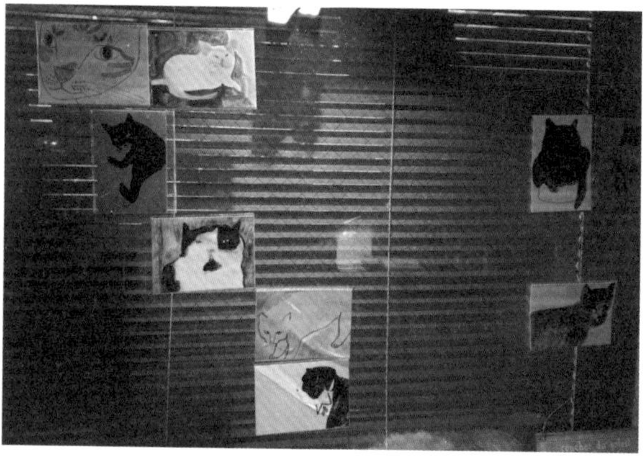

표 메뉴로 자리 잡았다. 책방지기를 닮은 건강한 식사와 편안한 분위기가 고객들에게 전해지면서, 매주 정해진 요일, 정해진 시간에 이곳을 방문해 책방지기가 추천해주는 책을 읽으며 식사를 즐기는 분들도 있고, 식사 겸 독서 모임을 하는 팀들도 많아졌다.

마음이 맞는 고객들이 늘면서 여러 프로그램도 진행되었다. 어떤 프로그램을 했는지 봤더니 도무지 종잡을 수가 없었다. 「요리하는 책방」, 「번역하는 책방」, 「별걸 다 하는 책방」 등 정말 다양한 활동이 있었는데, 오랜 천 가게를 운영했던 지인이 문을 닫게 되어 그 천으로 옷을 만들어 패션쇼를 하기도 했고, 각자 자신이 갖고 있던 넘치는 물건들을 가지고 와서 교환하는 마켓의 장소로 변하기도 했다.

규정하지 않은 다양한 시도를 통해 보수적인 지역의 특성

을 바꿔보고 싶다는 책방지기는 앞으로 「책방 육아」를 해 보고 싶다는 의지를 내비치기도 해, 향후 팔색조의 옷을 갈아입을 이곳의 모습이 기대된다.

"이 공간에 들어오는 모든 생명이 편히 쉬었다 갈 수 있는 곳이 되었으면 좋겠다는 마음입니다.

책방지기의 인생 책 。

처음 이 책을 만나게 1992년이었습니다. 그 후 읽을 때마다 새로운 느낌으로 다가왔습니다. 최근 다시 읽게 되었을 이 책은 '동물권 사상'으로 가득한 작품임을 발견했습니다. 암에 걸린 반려견 카레닌의 죽음에 함께 눈물 흘리는 나를 발견했습니다. 다시 이 책을 읽게 된다면 분명 다른 깨달음을 줄 것입니다.

참을 수 없는 존재의 가벼움 [밀란 쿤데라 / 민음사]

현실과 환상, 사실과 허구를 넘나들면서 소설의 특징을 가장 극명하게 나타내주는 소설이라고 생각합니다. 길고 낯선 이름을 가진 등장인물 이름이 반복(작가의 의도라고 생각됩니다), 초반부의 지루함 등 완독을 하기에 약간의 진입장벽이 존재하지만, 그 고비만 잘 넘긴다면 정말 단숨에 끝까지 읽게 될 것입니다. 진정한 의미의 '네버 엔딩 스토리'로 다가오는 작품입니다.

백년의 고독 [가브리엘 가르시아 마르케스 / 민음사]

경주

어서어서

@eoseoeoseo

경상북도 경주시 포석로 1083 (황남동)

평일 11:00~19:30 / 주말 10:00~21:00

매월 마지막 주 월~수 휴무(SNS 확인)

#황리단길핫플레이스 #책처방 #출판하는서점

경주 황리단길 중심에 자리 잡은 독립서점
어디에나 있는 서점, 어디에도 없는 서점
당신의 마음과 어울리는 책을 처방합니다

서라벌의 '오래된 보물'과 공존하는 경주의 핫 플레이스 황리단길. 요즘 젊은 사람들의 경주 여행 필수 코스는 왕릉이 아닌 바로 이곳이다. 경주 황남동과 사정동 일대의 지역으로 경주고속버스터미널이나 시외버스터미널에서도 15분 거리밖에 되지 않아 접근성이 좋고, 도시 곳곳에 살아 숨 쉬는 역사와 문화를 만날 수 있다.

황남관에 숙소를 정하고 황리단길을 걸어보니, 메인 도로를 일방통행으로 정비해 찻길 양옆으로 걷기 좋고, 평일 오후라 그런지 조금은 한산한 모습이었다. 그런데 책방이 분명 황리단길에 있다고 했는데 찾지를 못했다.
맙소사! 간판이 없었다. '정숙'하라는 입간판이 서 있었지만, 그곳이 책방이라고는 생각하지 못했다. 창문에 글귀를 읽기 전까지는. '어디에나 있는 서점 어디에도 없는 서점'
주춤주춤 어색하게 서점에 들어서니 검은 뿔테안경을 쓴 이상순 헤어스타일을 한 젊은 남자가 서글서글한 눈으로

반갑게 인사를 건넸다. 나처럼 어색하게 서점에 들어선다면, 호탕한 웃음으로 분위기를 녹여줄 멋진 책방지기를 만날 수 있을 것이다.

“처음 시작할 때 책이 별로 없어서 제가 가지고 있던 책을 중고로 팔면서 시작했어요. 그래서 결국 제 책 다 팔았어요. 좀 아깝더라고요. 하하하. 좀 남겨둘걸…

독서의 즐거움을 알게 된 순간부터 좋은 책들을 소장하고 싶어서 모으게 됐고, 책이 계속 많아지면서 서점에 대한 꿈을 키우다 결국 본인이 서점을 차려버렸다.

여행 가서 읽을 책이 없을 때 납답하던 그 마음을 이곳 경주에 온 관광객들은 느끼지 못하도록, 읽고 싶고 사고 싶어지는 다양한 책들이 서점 내부에 빼곡히 들어차 있다. 특히 시를 좋아하는 책방지기의 취향에 맞게 컬러를 맞춘 시집들과 나무 격자 문살에 올려놓은 책들, 지금은 보기 어려운 풍금과 매일 한 장씩 뜯어내는 달력까지 책방지기의 감각이 돋보이는 소품들이 소소한 재미를 준다. 책방이 아니었다면 카페로 꾸며도 손색없을 만큼 서점 곳곳에 묻은 책방지기의 애정을 느낄 수 있었다.

마음을 치유하는 책을 처방합니다.

"성함이 어떻게 되시죠?" 책을 사는 사람에게 이름을 물어본다. 이곳의 포장지는 바로 '약 봉투'다. 처음 서점을 시작하면서 대형 온라인 서점과 경쟁할 방법을 고민하다 떠

오른 약 봉투 아이디어. 제작하고 첫 손님께 두근거리는 마음으로 이름을 물어보는데 사실 너무 민망했다고 한다. 이제는 '어서어서'를 상징하는 시그니처로 손잡이도 없는 다소 불편한 누런 봉투지만 고객들은 가슴에 '읽는 약'을 소중하게 품고 이곳을 떠난다.

책방지기와 이런저런 수다를 떨고 있는데, 문을 연 지 얼마 되지 않은 아침 이른 시간에도 불구하고 사람들이 계속 들어왔다. 길에 지나다니는 사람도 별로 없는데, 책을 사랑하는 사람들이 이렇게 많았다니. 아무래도 관광지 특성상 다양한 사람들이 오가기 마련인데 어려운 점은 없었을까 궁금했다.

"사실 책을 막 보는 분들이 많아서 힘들어요. 책을 좋아하는 분들도 오시지만 관광지의 알려진 서점이라 궁금해서 들어와 보는 분들도 계시는데, 책을 제대로 읽지도 않으면서 책장을 거칠게 넘기고 구기는 것을 보면 마음이 아픕니다. 책을 사랑스럽게 다뤄주시는 분들이 많았으면 좋겠습니다.

지금도 독서 모임을 통해 다양한 사람들과 즐거운 독서 생활을 하고, 매월 마지막 주 3일을 몰아쉬는 대신 전국 곳곳의 책방 여행을 떠나면서 지속 가능한 책방에 대해 끊임없이 고민한다는 그는 올해 새로운 공간의 확장을 준비하고 있다는 포부를 밝히기도 했다.

"북토크 뿐만 아니라 전시도 겸할 수 있는 공간을 준비 중이고요. 앞으로도 '경주'라는 좋은 여행지에서 행복하고 즐거운 추억을 선물하는 책방이 되었으면 하는 바람입니다.

지금도 누군가는 이곳에서 새로운 추억을 쌓고 있으리라. 여행의 즐거움은 다양하지만, 그곳에서 만나는 소중한 책 한 권은 우리의 인생에서 더없이 값진 추억을 선물할 것이다.

어디에나 있는 서점
어디에도 없는 서점
책 있수다
THE BEATLES
ABBEY ROAD
11:14
51%
27℃
favorite magazine
bear

책방지기의 인생 책 。

사소한 일상을 다양한 시선과 감정으로 포착해 매력적인 문장으로 표현해내는 작가의 글을 접하고, 존 버거의 다른 도서들과 다큐멘터리도 챙겨볼 정도로 팬이 되었습니다.

A가 X에게 [존 버거 / 열화당]

대구

더폴락

@thepollack5

대구광역시 중구 경상감영1길 62-5 (향촌동)

화~일 12:00~20:00 | 월 휴무

#대구최초독립서점 #문화아지트 #호작질응원

|

옛것과 새것이 공존하는 북성로의 핫 플레이스 2012년 문을 연 대구 최초 독립서점 인디문화를 좋아하는 대학생 5명의 의기투합, '책방'으로 꽃 피다

날씨가 흐리다 맑아지기를 반복하던 날. 대구 북성로를 찾은 시점에 갑자기 하늘이 맑게 개었다. 이곳의 핫한 독립서점을 찾으러 가는 길에 분수 소리가 시원한 공원이 눈에 들어왔다. '경상감영 공원' 조선 시대 경상도의 도청인 경상감영이 있던 곳이라는데 도심 속에 이런 멋진 곳이 있다니! 그래서 주위를 둘러보니 느낌이 심상치 않았다.

뉴트로 감성이 물씬 풍기는 대구의 대표 지역 북성로. 아날로그와 새로움이 공존하는 이곳은 일제강점기 때 식민지 도시의 거점으로 이용되면서 대구의 근대화가 가장 먼저 시작된 곳이라고 한다. 그렇기에 많은 예술가가 이곳으로 모였고, 현대의 젊은 문화가 생동하는 대구 최초의 독립서점도 이곳에 문을 열었다.

이 골목이 맞나? 싶은 길로 들어섰는데, 마당이 예쁜 집이 눈에 들어왔다. 특히 초록의 푸르름과 잘 어울리는 파란색

어닝! 보는 내 눈이 다 시원했다. 날이 좋을 때는 마당에서 북토크가 열리기도 한다니 책, 음악이 함께 하는 저녁 밤이 기대된다. 문을 열고 들어가니 빼곡히 꽂혀있는 책들 앞에 이곳만의 특색있는 굿즈와 문화 행사를 알리는 큼직한 포스터가 눈에 들어왔다.

“저희가 처음 5명이 같이 시작할 때 서점을 생각하기도 했지만, 더 넓은 의미의 문화공간을 되었으면 하는 바람이 있었어요. 그래서 공연, 북토크, 영화 상영 등 다양한 문화를 펼치는 공간을 만들자고 결정하면서 명태의 다채로운 활용도가 우리와 맞는다고 생각했어요. 물고기 이미지도 마음에 들었고요.

폴락(pollack)이란 이름만 듣고 어떤 뜻일까 궁금했는데 제조방식에 따라 달라지는 명태를 떠올렸다니 아이디어가 기발했다. 그래서 그런가, 서점 곳곳에 보이는 다양한 굿즈들이 눈에 띄었다. 내부에 걸려있는 티셔츠도, 입구 테이블에 놓여있던 상품들도 이곳에서 만드는 굿즈들이었고, 종류도 다양해 이곳에 머무는 동안 여러 손님이 오고 가면서 굿즈를 사가는 모습을 볼 수 있었다. 제작하려면 디자인도 해야 할 텐데 어렵지 않냐고 물어본 질문에 그냥 다 한다며 웃는 책방지기의 모습이 호탕했다.

찬찬히 둘러본 책방 내부에는 유난히 많은 독립출판물이

눈에 띄었다. 요즘 출판사에서 나오는 동네서점 에디션들은 홍보가 많이 되어 표지들에 눈에 익은데 이곳은 다른 세상의 책들을 취급하는 느낌이 들 정도로 표지들이 제각각이었고, 저마다 다양한 개성을 드러냈다.

그중 한 책이 눈에 띄었는데 '일반인 이모씨'가 매일 다른 공간에서 찍은 사진집이었다. 도시의 풍경과 사람들의 일상을 담은 사진 한 컷, 그리고 짧은 멘트가 담긴 이 책은 작가가 매일매일 찍은 사진을 모아 매달 발행한다고 한다. 독립 출판물을 취급하는 서점에서만 볼 수 있는 책이기에 얼른 한 권을 구매했다. 익숙하게 지나쳤던 것들이 이렇게

사진에 담기니 아련한 풍경이 되는구나.

책방을 넘어 '생산적 활동'이 가득한 문화 아지트
당신의 호작질을 응원합니다.

'호작질'이란 단어를 처음 들어서 생소했는데, 경상도에서는 '손장난'을 뜻하는 말로 흔히 쓰인다고 한다. 2012년부터 대구의 터줏대감으로 자리매김하면서 서점을 베이스로 공연, 전시, 워크숍, 소모임 등 문화예술 프로그램을 기획하고, 지난해 5회를 맞은 「아마도 생산적 활동」이라는 독립출판 축제를 꾸준히 이어오고 있다. 축제 기간에는 독립출판 마켓과 저자와의 만남, 전시, 공연 등 다채로운 문화행사를 진행하면서 티셔츠, 연필, 책갈피 등 이곳만의 굿즈들을 제작해 판매한다.

글을 쓰는 것도, 출판하는 것도 다 손으로 하는 것이기에 그들의 창작 활동인 호작질을 응원하는 마음으로 남들이 보기엔 쓸모없다고 여길지라도 스스로 가치 있다고 생각하는 것에 주목할 것이라는 더폴락. 앞으로도 이곳의 행보가 더욱 주목되는 이유다.

“저희가 8년 넘게 책방을 운영하고 있기에, 뭔가 새로운 이미지를 만들어가기보다는 책을 좋아하는 사람들이 계속 이곳을 편하게 올 수 있고 또 좋은 책을 만날 수 있는 공간으로 인식하면 좋겠습니다. 앞으로도 많이 찾아주세요.

책방지기의 인생 책 。

북성로 맵시

이 동네는 멋진 어르신들이 많아요. 북성로 어르신들의 화려한 센스가 돋보이는 복장을 보면서 시간을 거슬러 간 느낌입니다. 몸은 세월을 이길 수 없지만, 마음은 얼마든지 시간 여행이 가능합니다.

북성로 맵시 [더 폴락 / 독립출판물]

서울

서촌 그 책방

@seochonbooks

종로구 자하문로5가길 30-1 (체부동)

수~일 11:00~19:00 | 월,화 휴무

#한옥책방 #내공있는독서모임 #책방지기가읽은책만

|

다양한 사람과 함께하는 독서,
오늘도 그렇게 책 한 권이
내 마음속에 들어앉았다.

작년에 잘하던 일을 내 발로 걷어차고 나왔다. 프리랜서는 모름지기 클라이언트에게 고분고분해야 한다고 수없이 세뇌했지만, 말랑말랑해졌다고 생각한 나의 자존심이 아직도 코딱지만큼 딱딱하게 남아 있었는지 '후회는 없다!'고 굳게 다짐했건만 돌아서서 100만 번쯤 후회했다.

가만있지 못하는 성격 탓에 그렇게 남는 시간에 두 개의 독서 모임에 참여했다. 하나는 호스트가 있는 유료 모임이었고, 하나는 그냥 우리끼리 모여서 교양을 가장한 수다 모임을 개최했다. 물론 수다 모임은 수다에 책이란 요소를 자기 고집에 사용하며 변질하였고, 유료 모임은 내가 운영하려면 '돈값'을 해야 한다는 교훈을 얻었다.

독서 모임에 대한 나의 바람을 담아 책방을 찾던 중 독서 모임에 대한 내공이 어마어마한 분이 운영하는 책방을 찾았다. '서촌 그 책방'

중부지방에 장마가 시작된다는 날. 오전부터 구름이 잔뜩 낀 하늘을 무심히 올려보다 비가 더 오기 전에 서둘러야겠다 싶어 부지런히 출발했다. 광화문역에서 9번 마을버스를 타고 경복궁역을 돌아가니… 젊은 느낌은 나는데 한옥이고… 한옥이 젊었다. 여기 21세기 서울 맞나? 그렇다. 나는 서울 사람이지만 서울 촌년이기도 했다.

그 골목이 그 골목 같아 이리저리 헤매다 저 멀리 보이는 '책'이란 글씨를 좌표 삼아 걸어갔다. 젊은 한옥에 보이는 소박한 간판. 그리고 창문 넘어 다양한 책들을 보고 제대로 찾아왔음에 안도했다.

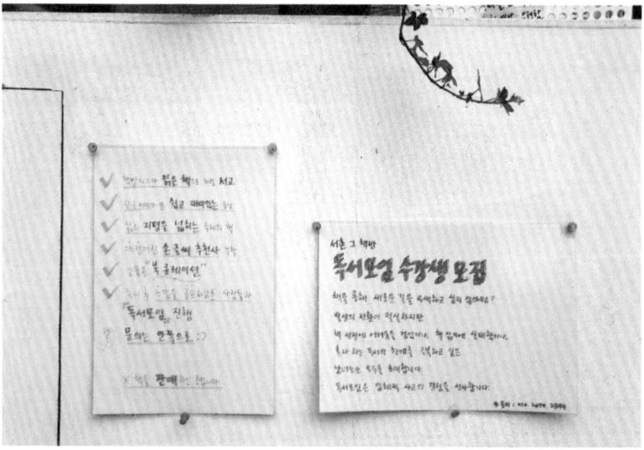

책과 관련된 일을 계속해오던 책방지기가 책방을 시작하게 된 계기도 '독서 모임을 하다가 정주행하고 싶어서'라고 밝힐 만큼 '함께 읽는 독서'에 대한 애정이 느껴졌고, 내가 찾아간 주가 딱 3주년이었다.

처음 책방을 연다고 했을 때 주위에서 반대가 많았다고 한다. 혼자 좋아서 책을 읽는 것과 달리 책방을 열면 비즈니스적인 접근을 해야 하기에 소위 망할까 봐 걱정하는 사람도 있었을 텐데, 그런 반대에도 모임을 만들고, 다양한 사람을 만나 함께 할 수 있는 일을 해보고 싶었다고 한다.

현재 12개의 모임이 1달에 1번, 1권의 책을 읽는 방법으로 운영되고 있고, 내가 찾아간 날도 마침 오전 독서 모임이 끝나 몇 분이 담소를 나누는 중이었다. 성인들이 워낙 독서를 안 한다고 하니 뭐라도 읽으면 좋겠지만, 이왕 읽는

거 좀 더 제대로 읽으려면 독서 모임만 한 것이 없다. 모임에 참여하고, 이야기하려면 어쨌든 집중해서 책을 읽어야 하기에 포기란 있을 수 없다.

책방지기가 읽고 추천한 책만 판다?

책방을 들어섰을 때 첫 느낌은 책방보다 책 전시회에 온 것 같은 느낌을 받았다. 전면을 바라보는 책 표지에 깨알 같은 글씨로 '책이 잔잔해서 생각할 거리가 많다', '좋은 문장이 넘쳐난다' 등 책방지기의 감상이 쓰여 있었다.

이곳은 책방지기가 읽고 추천하는 책만 파는데 이렇게 한 권 한 권, 가치를 느낄 수 있는 증거가 남아있기 때문에 자신에게 맞는 책을 추천받고 싶은 사람들이 많이 찾는다고 한다. 하지만 남에게 추천하는 것이 생각처럼 쉬운 일만은 아니기에 이곳만의 명확한 기준을 갖고 있다. 첫 번째는 무조건 한글 저자의 책, 그리고 두 번째는 재미가 있어야 할 것, 마지막 세 번째는 현재를 살아가는 이 시점에 어울릴만한 주제를 갖고 있어야 한다는 것이다.

책 판매뿐 아니라 독서 모임도 열리기 때문에 다양한 분야의 책들을 읽고, 토론할 책들을 추천하는 것은 오롯이 책방을 운영하는 대표의 몫이리라. 책도 '단짠단짠'해야 오래 읽을 수 있기에 한 권을 읽더라도 허투루 읽을 수 없다

는 것이다.

이야기를 나누다 보니 인터뷰가 아닌 내 독서에 대한 고민 상담을 하고 있었다. 지금 나에게 맞는 책은 무엇일까? 요즘 읽고 있는 책 하나가 있는데 다른 사람들이 쓴 리뷰를 보면 칭찬 일색이지만 나는 영 진도가 안 나간다. 내가 이상한 걸까? 이번 독서 모임의 책 저자가 내 개인적으로는 마음에 들지 않았다. 등등… 도대체 좋은 책의 기준은 무엇일까?

“완벽한 책이 세상에 있을까요? 저는 정곡을 찌르는 문장 3개만 있어도 성공했다고 생각해요. 그것도 없는 책이 더 많거든요.

가끔 책을 읽다 보면 유난히 마음을 울리는 문장들이 있

다. 지금 내가 처한 상황에 딱 맞는, 마치 내 얘기를 하는 것 같은 느낌을 받게 한다면 그 책은 나에게 좋은 책이 될 것이지만 물론 그걸 찾는 노력 또한 내 몫이다. 그게 어렵다면 책방지기와 같은 고수의 힘을 빌리는 방법도 있고, 독서 모임을 통해 사람들과 생각을 나누다 보면 나도 모르는 새에 달라진 나를 발견할 수도 있을 것이다.

책이 우리에게 어떤 영향을 준다고 한마디로 정의할 수는 없지만, 긍정적인 변화를 경험한 사람들은 책의 매력을 전해주고 싶어 한다. 그래서 독서 인구가 줄어들고 있는 이 마당에도 누군가는 책방의 불빛을 환히 밝히는 것 아닐까.

지금 내 주위에도 나를 기다리는 책방이 있을 것이다. 처음 문을 두드리는 것은 물론 어렵고 망설여진다. 그러나 들어가면 책의 향기, 책방지기의 손길이 묻어있는 책들이 당신을 편안하게 만들어줄 것이다.

“ 모임을 하다 보면 처음에는 말도 잘 못했던 분들이 조금씩 자기 목소리를 내기 시작하면서 말투뿐 아니라 표정, 심지어 옷차림까지 달라집니다. 자신감이 생긴 거죠. 이렇게 모임으로 서로가 책이란 매개를 통해 관계를 맺게 되는데 저는 거기에서 오는 즐거움이 좋아요. 특히, 다음 책에 대한 추천을 기다리는 분들이 많을 때 정말 즐겁습니다.

책방지기의 인생 책 。

“ 인생 책은 끊임없이 바뀝니다
책방에 진열된 100여 권의 책이 모두 해당합니다.

매달 책을 읽고 독서 모임이 꾸준히 진행되는 곳이라 어떤 책을 소개해 주실지 기대했는데 이런 답변을 주셨다. 책방을 들어서니 답변대로 인생 책이 너무 많았고, 책에 그 이유까지 친절하게 쓰여 있었다. 궁금하다면, ‘서촌 그 책방’에서 확인할 수 있다.

제주

여행가게

@travelshop_jeju

서귀포시 남원읍 태위로 929 (태흥리)

화~토 11:00~18:00 | 일,월 휴무

#여행전문서점 #홍차가있는책방 #손편지가득책방

|
제주에서 만나는 이국적인 가게
손때 묻은 여행 이야기가 머무는 곳
발을 들여놓은 순간, 우리는 시간 여행자가 된다

1999년 개봉한 로맨스 영화가 있다. 평범한 남자와 할리우드 대스타의 만남. 그리고 이뤄지는 기적 같은 사랑. 그 영화의 배경이 됐던 곳은 바로 영국 노팅힐에 있는 여행 전문 서점이었다. 영화 '노팅힐'이 20년 만에 재개봉하며 또 한 번 사랑을 받을 수 있었던 이유는 뭘까? 여행지? 설렘? 사랑?

우리의 마음을 설레게 하는 여행지 제주도에도 여행 전문 서점이 있다. '여.행.가.게' 이곳에서도 운명 같은 사랑을 만날 수 있을까? 세계 각국의 Tea와 진귀하고 예쁜 찻잔, 여행책들이 가득한 곳. '여유롭게 앉아 이국적인 차를 마시며 책을 실컷 봐야지.' 혼자 여러 가지 상상을 하며 이곳에 도착했다.

차를 즐기며 여행을 좋아했던 부부는 각지를 여행하면서 차 하나, 잔 하나, 여행책 한 권을 챙겼고, 그렇게 쌓인 살

림들이 여행가게를 오픈하는 밑천이 되었다. 처음에 꾸린 짐은 단출했으나 점점 늘어가는 짐에 오버차지를 물기 일쑤였으나 마음은 가뿐했다.

처음에는 독채 팬션에서 북스테이를 진행하다 할머니 문간방 같은 작은 공간에 여행가게를 열었고, 2018년 좀 더 넓은 이곳으로 자리를 옮겼다. 내가 머문 숙소에서 그리 멀지 않아 택시를 타고 왔는데 나를 내려준 곳은 황량한 2차선 도로였다. 맞은편에는 '응답하라' 시리즈에 나올법한 단층의 오래돼 보이는 건물. 여기가 맞나? 두리번거리다가 여행가게의 귀여운 나무 세움 간판을 발견했다.

새시(sach)보다 '샷시'가 어울릴 예스러운 문을 드르륵 열고 들어가면 타임머신을 탄 듯 다른 세상이 펼쳐진다. 벽면을 가득 메운 찻잔과 차가 보이고 오밀조밀하게 모여 있는 다양한 소품들과 밀도 높은 생경한 향기, 30년 전 우리 집 거실에 깔렸던 것과 비슷한 페르시안 카펫, 그리고 아르헨티나 민중 가수라 불리는 '메르세데스 소사'의 음악이 잔잔하게 깔린다. 여기는 어디인가? 잠시 망각의 시간에서 벗어나 주위를 둘러보면 정말 구경할 것들이 많다.

게다가 내가 입구를 헤맨 바로 옆 가게는 연필 가게. 문구 덕후들이라면 그냥 지나칠 수 없는 참새방앗간 같은 곳이었다. 연필을 유난히 좋아하는 책방지기의 애정이 묻어나는 곳이기도 하다. 독일, 러시아 등 처음 보는 깜찍한 연필들 앞에서 길을 잃다가 정신을 차리고 보니 구구단 연필

을 들고 있었다. 어릴 때 못했던 산수의 한이 있었던가… 살짝 조악한 느낌의 러시아산 연필. 그 투박함마저도 정감 있었다.

금손 고객들의 사랑이 가득한 가게
제주에 있는 작은 책방으로 여행 가시게

온통 여행책들만 가득한 책방. 수집한 외서들의 귀한 초판본과 한눈에 봐도 오래된 중고 책 등 고서적의 느낌이 물씬 나는 책들이 많았다. 낡은 여행 가방에 담긴 책들을 보며, 돈과 시간만 있으면 마음대로 여행을 갈 수 있었던 그 시절이 낯설게 느껴지는 건 왜일까. 그동안의 추억들이 여

행 가방에 차곡차곡 담겨 그대로 낡아버리면 어쩌나 하는 걱정이 든 찰나. 책방지기가 향긋한 딸기 홍차를 내왔다. 이곳에는 책방지기가 직접 해외에서 공수해 온 150여 가지의 차들이 전시되어 있었는데, 그 맛과 향이 어떨까 궁금했다.

책방에서는 세계 연필과 함께 하는 필사나 북토크, 글쓰기, 드로잉, 팝업북 만들기 등 다양한 클래스와 여행가게만의 프로그램이 진행되고 있다. 7월에는 「리투아니아 낭독 공연」이 있었는데, 선뜻 떠오르지 않는 리투아니아란 나라의 느낌이 어떻게 전달됐을까? 어디서도 흔히 만나볼 수 없는 특별한 공연들이 앞으로도 많이 진행되기를 기대해본다.

가게에 유난히 애정 어린 그림들과 손편지가 빼곡했다. 처음엔 편지 쓰는 프로그램이 있는 줄 알았는데 다 이곳을 방문한 고객들의 마음이 담긴 '찐 편지'였다. 가게 이름처럼 여행자들이 오가며 이곳에 앉아 그림을 그리기도 하고, 자신이 갔던 여행지에서 이곳을 생각하고 편지를 보내오기도 한다. 그것도 엽서로.

나는 책방지기를 만난 후 어느 정도 그들의 마음을 이해할 수 있을 것 같았다. 오늘 처음 온 곳이지만 들어서는 순간 왠지 모를 편안함이 느껴졌는데 그것은 바로 친근한 인상의 책방지기, 그녀 때문이었다.

SNS에도 보면 똑 단발의 앳된 뒷모습을 찾을 수 있는데, 처음 봤음에도 오래 알던 사람처럼 편안하고 사근사근한 인상에 나도 모르게 수다 한마당을 펼치고 있었다.
실제로 고객들이 여행지의 마그넷이나 소품들을 사다 주는 경우도 있는데, 이곳에 불이 나면 저 보드만 떼서 나갈 거라며 사랑스러운 눈으로 애장품을 보는 그녀의 눈길이 참 따뜻했다. 가게 안쪽 계산하는 곳으로 발을 디디면 삼면을 꽉꽉 채우고 있는 몽글몽글한 글씨들이 보일 것이다. 내 생각에 이 가게의 보물은 차도, 책도 아닌 저 보드가 바로 보물이다.

계절이 바뀔 때마다 그리워지는 여행의 감성. 마음은 간질간질한데 꼭 멀리 해외에 나가야만 여행인가. 오히려 그런 강박에서 벗어나 혼자 천천히 생각을 정리할 수 있는 '안단테 여행'은 어떨까. 이국적인 정취가 가득한 이곳에 앉아 오롯이 내 생각을 편지에 담아보자. 손때 묻은 당신의 여행 이야기가 당신의 삶을 오래도록 응원할 것이다.

“오래도록 이 공간을 지키고 싶습니다. 단순히 문을 여닫는 의미라기보다 작고 사소한 것들이라도 스스로 세운 가치관을 유지하며 지키는 사람이 되고 싶고, 이 공간을 그렇게 지켜나가고 싶습니다.

AMSTERDAM

책방지기의 인생 책 。

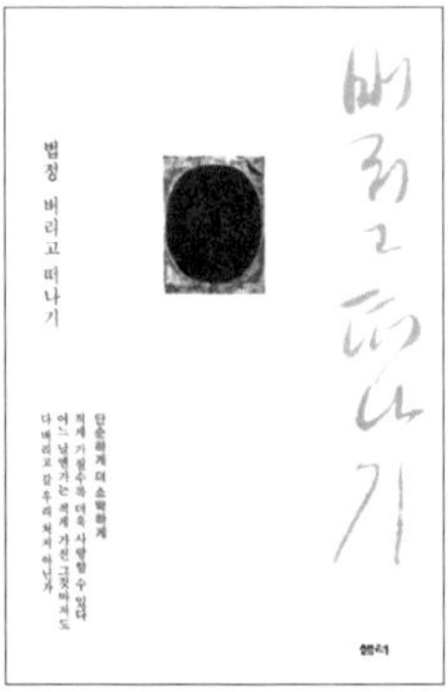

20대, 불확실한 미래에 불안한 감정의 소용돌이 속에 살던 때 친구에게 선물 받은 책입니다. 힘들었던 나를 많이 다독여줬던 책으로, 지금도 이 책을 곁에 두고 계속 읽어보고 있습니다.

버리고 떠나기 [법정스님 / 샘터사]

지금까지 단단한 나를 만들었다면, '앞으로는 어떤 방향으로 살아가야 할까?'를 고민할 때 도움이 되어준 책입니다. 작가들처럼은 아니지만, 그들과 같은 실천력을 본받고 싶은 책입니다.

조화로운 삶 [헬렌 스코트 니어링 / 보리]

책방지기의 인생 차 。

홍차처럼 그윽하면서도 초콜릿 향이 입 안 가득 퍼지는 맛이 일품입니다. 여행가게에서 꼭 맛보시길 추천합니다.

CURTIS(Truffle Black Tea) [러시아]

제주

제주살롱

@jejusalon

제주시 구좌읍 송당2길 7-1 (송당리), 1층

금~화 11:00~18:00 | 수,목 휴무

#송당리로오세요 #제주도북스테이 #사유하는책방

제주에 간다는 마음만으로도 설렘 가득
멋진 공간에 앉아 책도 읽고 북스테이도 좋아
인문 · 철학 책방에서 나에게 질문을 던져보자

우리나라 사람들의 마음속에 로망으로 자리 잡은 제주 아일랜드. 한 달 살기가 유행하고, 올레길 걷기가 필수 코스가 되면서 현대를 살아가는 우리의 지친 마음 한구석에는 제주로 떠나고픈 아련한 설렘이 있다. 떠나면 뭔가 해결될 것 같은, 아니 비행기 표를 예매하는 그 순간 이미 스트레스의 반은 날아간 것 같은 기분이랄까.

제주에서 뜨는 핫 플레이스,
송당리의 인문학 전문 서점

제주도를 가기 전까지 스케줄이 빼곡하게 있었기에 마무리로 제주도에 가서 머리도 식힐 겸 여유로운 일정을 짜며 괜히 혼자 즐거웠다. 제주에 도착하니 마스크를 쓴 돌하르방이 나를 반겼다. 언젠가 저 마스크도 추억이 될 날이 오겠지? 그런 마음으로 셀카 한 컷 찍고 부지런히 약속된 책방으로 향했다.

조용한 마을 입구. 새가 지저귀고 현무암으로 된 돌담이 인상적인 마을. 요즘처럼 SNS가 없다면 찾아서 들어오기는 어려울 법한 동네. 이 마을이 최근 제주에서 뜬다는 송당리다. 그렇다고 도심처럼 도로의 양옆으로 커피숍, 술집 등이 빼곡하게 들어서 있다고 생각하면 오산. 세련된 느낌의 커피숍, 연남동에서 본 것 같은 음식점 등이 드문드문 있었다. 이곳에 어떻게 동네 책방이 위치하게 되었을까?

역시 시작은 제주도 휴가였다. 직장 생활에 지친 샐러리맨 책방지기는 제주도에 내려와 집을 짓고 책방을 하고 살겠다는 결심을 했고, 그렇게 처음 생각했던 곳이 바로 이곳, 송당리였다. 그러나 생각만큼 터전을 마련하기가 쉽지 않았고, 제주도뿐만 아니라 강원도를 비롯해 다른 지역까지도 알아봤다고 한다. 결국, 포기할까 고민하던 찰나 선물처럼 이곳에 땅이 나왔고, 그날 바로 비행기를 타고 내려와 계약했다고 하니 하늘이 준 선물 같았다는 표현이 딱이었다.

제주도에는 책방 지도가 따로 있을 정도로 섬을 둘러 가며 많은 책방이 자리하고 있다. SNS를 자주 하는 사람들에게 더없이 좋은 성지들도 있고, 북스테이를 겸하는 곳들도 많아 일정만 맞는다면 책방에서 보내는 하룻밤도 경험할 수 있다. 이번에 찾아온 이곳도 북스테이와 카페를 겸하면서

지금 여기,
책과 함께
머무는 시간

제주에서 인문학 서점으로 잘 알려진, 예술과 인문 지식을 나누고 교류할 수 있는 공간이 되었으면 하는 책방지기의 바람을 담아 지어진 책방, 제주살롱이다. 귀족들의 사교장이 생각나는 '살롱'이란 이름이 귀여우면서도 고급스럽다. 제주살롱에서는 예술과 인문학 분야의 다양한 프로그램이 진행되고 있는데 두 달에 한 번씩 예술가를 선정해 관련 전문가와 함께 예술가들의 삶과 작품 세계를 알아보는 「예술 살롱」이 2018년부터 꾸준히 사랑을 받고 있고, 그 밖에도 북토크와 낭독회, 독서클럽 등을 통해 많은 독자와 작가의 만남의 장을 마련하고 있다.

제주살롱에서만 살 수 있는 특별한 것?

여행지답게 가벼운 마음 혹은 가벼워지고 싶은 마음을 갖고 방문하는 사람들이 많을 텐데, 살롱을 기억할 수 있는 특별한 굿즈들이 코너 한쪽에 자리 잡고 있다. 제주살롱 빵 마담인 안주인이 직접 디자인한 엽서와 책갈피, 마그넷과 특히 제주살롱의 마당에 사는 마당 냥이 나비 캐릭터가 앙증맞다. 서가 안쪽에 배치된 책들을 보다 작가의 사인본을 보고는 '심 봤다'라고 얘기했더니, 사실 이것은 책방지기의 아이디어가 담긴 '전략 기획물'이었다. 북토크나 강연을 하러 제주살롱을 방문한 작가들에게 직접 사인을 부탁한다는 것. 어디에도 없는, 오직 제주살롱에만 있는 사인본을 구매하기 위해 관심을 두는 독자들이 많고, 나 역시 '어머! 이건 사야 해!'를 연발했다. 하지만 이곳을 직접 방문하지 못하더라도 제주살롱 온라인 마켓이나 DM으로 주문할 수도 있으니 너무 걱정할 필요는 없다. 다만 제주도라 배송비가 비쌀 뿐.

인문학 서점인 만큼 일반 서점에서 쉽게 찾기 힘든, 선뜻

손이 가지 않는 책들이 있지만, 책방지기의 친절한 추천서가 나의 시선에 머문다. '어떻게 살 것인가' 코너에 있는 '진정한 나의 삶'으로 안내해 주는 인문서를 발견한다면 어찌 읽어보지 않을 수 있겠는가!

처음에는 인문 서가의 책들이 별로 관심을 받지 못했지만, 지금은 오히려 인문 분야의 판매 비중이 더 높다고 한다. 나에게 '자극을 주고 질문을 던져주는 책'이 필요한 시점이 온다면 내게 맞는 책을 처방해줄 수 있는 책방지기를 만나야 할 때가 온 것이다. 그리고 이곳 책방에 앉아 느긋하게 나에 대해 진정으로 사유할 수 있는 시간을 마주한다

면 그 시간이 조금 천천히 흐르더라도 우리의 인생은 더욱 풍요롭고 깊어질 것이라 믿는다.

"제주살롱에 와서 나와 내 삶을 돌아볼 수 있는 계기가 됐으면 좋겠습니다. 일차적으로는 공간이, 이차적으로는 인문 책들이 여러분을 기다리고 있습니다.

책방지기의 인생 책 。

책방에 수많은 책이 있지만 딱 한 권만 추천해달라고 하면 망설이지 않고 얘기할 수 있는 책이 바로 독일의 시인 라이너 마리아 릴케가 쓴 편지글 모음 '젊은 시인에게 보내는 편지'입니다. 진정한 자신과 대면하기 위해 경험해야 하는 '고독'의 시간을 권고하며, 타인에게 휘둘리지 않는 진정한 나의 삶을 살아가는 길을 친절하지만 곧은 말로 조언해 줍니다. 저도 실제로 인생에 대해 고민하던 시기, 이 책을 통해 많은 용기를 얻었습니다.

젊은 시인에게 보내는 편지 [라이너 마리아 릴케 / 문예출판사]

춘천

실레책방

@sillaebooks

춘천시 신동면 금병의숙1길 19 (증리)

목~월 10:00~18:00 | 화,수 휴무

#김유정역책방 #마을에스며든사랑방 #당신의동굴이되어드려요

|

춘천의 핫한 관광지 김유정역 동네책방
인생의 쉼표가 필요할 때
나만 알고 싶은 비밀 아지트

춘천 하면 닭갈비가 먼저 떠오르는 사람은 옛날 사람. 커플 사진의 성지이자 레일바이크와 김유정 문학관이 있는 김유정역을 떠올린다면 요즘 사람. 너무 이분법적인가. 김유정역은 상봉역에서 경춘선을 타고 1시간 20분 정도면 도착하고, 서울-춘천간 고속도로가 개통되면서 접근성이 좋아졌다. 김유정역을 나와 5분만 걸어가면 바로 앞에 보이는 마을이 바로 실레마을이다. 그리고 그곳에서 숨겨진 보물 같은 책방을 만났다.

마을 입구에 들어서니 실레이야기길에 대한 안내판이 서 있었다. 햇볕이 쨍쨍 내리쬐는 마을 오르막길을 걸으며 책방을 찾기 위해 주변을 두리번거리니 저 멀리 책방인 듯한 파란 지붕이 보였다. 강철로 된 임시 가교를 건너 마당에 들어서니 선글라스를 멋지게 낀 중년 여성이 평상에 앉아 옥수수를 씹으며 나를 쳐다봤다. '손님이 계셨네? 동네 사람인가? 마당에 앉아서 옥수수 먹으면 꿀맛이겠다' 생각

하며 책방 문을 여니 앉아있던 그 여성이 다가온다.

“천천히 구경하세요.” 하하. 책방지기였다. 왜 거기로 들어왔냐고 묻는다. 뒤에서 사람이 나와 놀랐다고… 아뿔싸! 앞에 넓은 길 놔두고 사람도 잘 안 다니는 뒷길로 왔구나. 내 눈에는 왜 이런 길만 보일까.

아담한 시골 마을, 넉넉한 마음의 작은 책방

“제가 살던 어린 시절에는 책이 굉장히 귀했습니다. 위인 전집은 부잣집에 가면 볼 수 있었고, 백과사전이 있으면 정말 부잣집일 정도로 책이 귀했기 때문에 책에 대한 로망이 항상 있었죠.

책방지기는 오랜 교사 생활을 하면서 전공이나 수업과 관련한 책이 너무 많았기 때문에 정작 내가 좋아하는 책은 못 읽은 아쉬움이 있었다. 이제 책방을 열었으니 책은 원 없이 보시겠다고 했더니 운영이 바빠 볼 시간은 없지만 그래도 표지는 많이 들춰보고 있다며 웃음을 보였다.

옥수수 산지인 강원도라 그런가? 마을에 들어서면서도 옥수수밭이 계속 눈에 띄었는데, 오늘 아침에 따서 바로 쪘다며 뜨끈한 옥수수를 내오셨다. 보통 책방에 들어서면 차를 주문하기 마련인데, 옥수수를 먹으며 앉아있으니 시골 마을에 제대로 왔다는 푸근한 마음이 들었다.
단층의 평범한 농촌 시골집. 넓지는 않지만 햇볕이 잘 드는 아담한 마당에 색색의 꽃과 나무들이 가득했다. 이 마당에서 영화를 보면 참 좋겠다 싶었는데 지난해 동네 어른

들과 함께 하는 마을 심야영화제가 열렸다고 한다. 팝콘과 콜라 대신 부녀회장님이 부침개를 부치고, 이장님이 사 온 통닭을 뜯으며 봤는데 너무 맛있었고 즐거운 시간이었기에 기회가 된다면 또 한 번 열어볼 생각이라고 하셨다. 다음에 열리면 제일 앞자리는 내가 찜해야겠다.

마을과 함께하는 지속가능성에 대해 생각하다

실레책방은 마을에 생긴 예쁜 책방이라기보다 마을에 스며들어있는 사랑방 같다는 느낌이 들었다. 책방지기는 춘천에서 교편을 잡으며 세컨하우스로 이 집을 마련했지만,

책방을 할 것이라고는 생각하지 못했다. 그러다 퇴직을 하고 이곳에 소박한 책방을 내면서 작년부터 마을을 위한 다양한 프로젝트를 기획했다.

마음 맞는 몇 명이 힘을 모아 마을 신문을 만들기도 했고, 마을 지도를 만들기 위해 집마다 돌아다니며 그들의 이야기도 들었다. 또 '윤독' 모임을 만들어 김유정 문학에 대해 생각하는 시간을 마련하는 등 바쁜 시간을 보내고 있었다. 퇴직하면서 쉼을 목적으로 책방을 냈을 텐데 이런 일들이 힘들지 않았을까? 책방지기는 오히려 아무것도 하지 않는 휴식은 진정한 휴식이 아니라고 말했다. 내가 원래 쓰던

근육이 아닌 나른 근육을 쓰는 것. 그것이 진정한 휴식이고, 지금은 책방 문을 여는 시간이 너무 즐겁고 행복하다고.

간간이 책방의 유선 전화벨이 울렸는데 올해 기획한 「인생싸롱」이 춘천문화재단 「도시가살롱」 프로젝트에 선정되면서 참여를 문의하는 전화였다. 마을 사람들의 인생 경험을 나누는 시간을 통해 마을과 함께하는 지속가능성에 대해 고민한다는 책방지기는 단순히 관광지의 스쳐 지나가는 곳이 되기보다는 공간을 오래 지속하며 마을의 공동체로 함께하고 싶다는 바람을 전했다.

현대인에게도 동굴이 필요하다

응답하라 시리즈에도 나오지만, 예전에는 이웃들과 모여

서 수다 떨고 과일도 깎아 먹고 밥도 같이해 먹고 살던 시절이 있었다. 내가 중학생 때도 도시의 복도식 아파트였지만 아줌마들이 서로의 김칫거리를 다듬어주며 이야기를 나누곤 했다. 지금은 카페가 그런 공간을 대신하고 있다. 다만 커피 한 잔 덜렁 시켜놓고 수다만 떨기에는 무의미하게 흘러가는 시간이 아쉬워짐을 느낀다.

이제 다음 단계로 발전할 차례다. 책을 좋아하면 책방으로, 자연을 좋아하면 가방 하나 메고 너럭바위에 앉아 휴식을 취하면서 자신의 취향을 찾고 존중하는 문화가 꽃필 시기이고, 그에 맞는 자신의 아지트가 필요하다. 책방지기는 이 공간이 현대인의 동굴이 되었으면 한다. 우리가 어릴 때 좁고 어두워도 나만의 공간에 있으면 안정감을 느꼈던 것처럼 사람들은 심리적이든 물리적이든 동굴이 필요하다는 것이다. 아무의 시선도 잡히지 않는 소위 '멍 때리는' 공간이 필요한데, 꼭 책을 사지 않더라도 그냥 가만히 앉아만 있어도 되는 편안한 장소가 되고 싶다는 것. 가만히 앉아있기 쑥스러울 땐 아무 책이나 한 권 펴놓고 있으면 감쪽같다는 팁도 전했다.

큰돈을 벌지는 못하지만, 마음만은 부자라는 그녀는 선한 영향력을 전하는 인생 선배가 되고 싶다는 말도 덧붙였다. 어른 세대가 '나는 젊을 때 열심히 살았으니 이제는 놀자'

라는 생각이 과연 다음 세대에게 좋은 영향력을 미칠 것인가? 아니다. 이익이 있는 일들은 젊은 세대가 하고 이익이 없거나 크지 않아도 사회를 위해 할 수 있는 일들을 하는 게 본인 세대의 몫이고, 그런 생각으로 책방을 열었다고 한다. 멋지게 늙어가는 인생 선배가 되고 싶어 시작했는데 막상 시작하고 보니 내가 아직도 할 일이 너무 많아서 사는 게 더 재미있고 즐겁다고 말하는 목소리가 참 맑다는 생각이 들었다.

사람에 부대끼고 삶에 치일 때 혼자 벗어나려 애쓰지 말고 누군가에게 도움을 요청하자. 홀로 책을 읽는 것보다 사람들과 만나 이야기를 나누는 독서 모임도 좋고, 이곳에 와서 책방지기와 이야기를 나누다 보면 당신의 고민은 바람결에 날아갈 것이다. 스르르.

"광고해서 유명해지고 사람이 한 번 들르는 관광코스가 되어 소비되기보다는 진짜 이 공간이 필요한 사람들이 와주기를 바랍니다. 특히 혼자 여행하는 분들이 커다란 배낭 하나 메고 오셔서 옆에 내려놓고 쉬면서 마음의 여유를 더 크게 얻었으면 좋겠네요.

책방지기의 인생 책 。

폴란드의 교육자이자 철학자, 소아과 의사였던 그는 아동 인권 옹호의 선구자이자 휴머니스트로 페스탈로치와 비슷하면서도 결이 좀 다릅니다. 유대인 고아들을 보살피는 어린이집을 설립하고, 나치의 학살 앞에 아이들과 같이 가스실로 향하던 열차에 오릅니다. 교사로 재직하면서 아이들을 대하는 어른들의 생각과 태도를 다시 생각하게 했던 책입니다.

야누슈 코르착의 아이들 [야누슈 코르착 / 양철북]

다양한 모습, 새로운 공간이 주는 힘. 그리고 이곳에서 우연히 인생 책 한 권을 발견하게 된다면 더는 무얼 바라겠는가.

Chapter 02,

서점의 변신, 새로운 서점

토끼 모양의 대봉, 까치가 야무지게 파먹은 홍시를 보고 있자니 책방지기의 순박한 미소가, 창밖이 훤히 보이는 명당자리가 유난히 그리워지는 밤이다.

세종

단비책방

@danbi_2018

세종특별자치시 전의면 비암사길 75 (다방리)

화~일 10:00~19:00 | 월 휴무

#숲세권책방 #다락방힐링아지트 #나만알고싶은책방

나만 알고 싶은 숲속 작은 책방
다락방에서 보내는 힐링 독서
느긋하고 편안한 마음의 아지트

상상해본다. 아침에 일어나 방문을 열고 따뜻한 햇볕이 가득한 거실로 나서, 기지개를 피며 거실에 연결된 문을 여는 순간 눈 앞에 펼쳐지는 나만의 책방. 흐뭇한 미소 한 방 날리고 오디오 전원을 켠다. 잔잔한 클래식이 울려 퍼지는 책방에서 향이 좋은 커피를 한 잔 내린다. 간밤에 앞마당에서 봉오리를 맺었던 꽃들이 수줍게 얼굴을 편다. 그래. 인생에서 가장 젊은 날. 행복한 오늘을 시작해볼까?

상상에 딱 어울리는 책방을 만났다. 세종시 비암사 옆에 있는 전원주택 마을. 별과 꽃이 많은 동네라 해서 '별꽃 마을'로 불리는 이곳에 단비 책방이 위치한다. 비를 좋아하는 책방지기의 마을 카페에서의 닉네임이 단비였기에, 책방을 열 때도 고민 없이 이름을 붙였다. 내가 찾아간 날도 곧 단비가 부슬부슬 내릴 것 같은 약간은 흐린 날씨였다.

책방으로 가는 길은 비암사로 가는 길과 맞닿아 있다.

2,000년 전 삼국시대 창건됐다는 비암사. 이 절은 작지만 현대적인 모습을 갖추고 있는데 입구에 범상치 않아 보이는 느티나무가 한 그루 서 있다. 무려 800살이 넘는다. 뿌리 사이사이 시멘트가 지탱하고 있어 안쓰러운 마음이 가득 든다. 이 나무는 그 옛날 어떤 모습을 기억하고 있을까.

비암사에서 책방까지 거리는 걸어서 10분도 채 되지 않았다. 책방이 있는 전원주택 마을에는 여덟 가구가 각각 자신들의 소망을 담은 집을 짓고 살아가는데, 길 끝자락 위치한 단비 책방은 집과 책방이 붙어 있는 구조로 마치 드라마의 남주인공이 문을 열고 나올 것 같은 앞마당이 넓은 붉은 벽돌색의 주택이다. 마당에 들어서면 단비 책방의 위치를 알리는 표지석이 보이고 길을 따라 건물을 돌아 들어가면 책방의 입구가 보인다. 문을 열기 전에 주변을 둘

러보니 논과 밭, 키 큰 나무들과 넓은 숲이 펼쳐진 한 폭의 그림 같은 풍광이 펼쳐졌다.

동네 책방을 다니면 가장 궁금한 건 역시 '책방지기는 왜 이곳에 책방을 열었을까?'인데, 특히 이곳은 차가 없으면 접근하기도 어려운 구불구불 외진 산길이고 내비게이션을 보면 주변에 흔한 식당이나 커피숍도 하나 없다. 물론 처음부터 이곳을 생각했던 것은 아니었다. 책방지기 부부는 막연히 퇴직 후에 하고 싶은 것을 하자는 생각으로 스트레스 연속인 당시의 삶을 버티고 견디며 살고 있었다. 그러던 중 우연히 집과 30분 거리의 바닷가가 보이는 농가 주택을 사게 됐고, 주말이 기다려지는 이중 살림을 시작했다. 그때의 소소하지만 작은 변화가 삶의 에너지와 활력을 주었고, 결국 남편의 희망퇴직에 맞춰 책방을 차리는 모험을 감행하게 되었다.

내가 만든 공간에서 쉼을 이야기하다
그림 같은 환경에 둘러싸인 책방에서 그리는 별

북스테이를 계획해 층고를 높여 직접 지은 이곳은 설계부터 마무리까지 직접 챙기고 관심을 줬기에 애착이 더욱 크다고 한다. 실제로 방문해보니 SNS에서 봤던 느낌보다 좀 더 아늑하고 따뜻한 분위기가 마음에 들었다. 입구에 들어

서면 맞은편에 바로 계단이 보이는데, 조심스럽게 밟고 올라서니 책방이 훤히 내려다보이는 복층구조로 된 다락방이 나타났다. 바닥에 깔린 고풍스러운 카펫에 앉아 양탄자를 타고 창문 밖을 날아다니는 상상을 해본다. 북스테이를 하면 이곳 2층에서 하룻밤을 지새우게 되는데 서쪽으로 길게 난 창문으로 하늘의 별을 세며, 책방이 자기만의 공간으로 변신하는 마법의 시간을 경험할 수 있다.

책방 서가에 꽂힌 책들을 보면 책방지기의 취향이 보이는데, 손글씨로 책 소개가 쓰여 있어 저마다의 개성을 뽐내는 독립 출판물도 많고, 힐링이나 취미 생활을 위해 가볍고 재미있게 읽을 만한 귀여운 표지들도 눈에 띄었다. 옆에는 아기자기한 가방과 엽서 등 각종 굿즈도 진열되어 있었다.

지리적인 특성상 정기적인 프로그램을 운영하기에 어려움이 있지만, 독서 모임이나 책과 관련된 모임은 대환영한다고 하니 자연을 배경 삼은 공간에 앉아 기억에 남는 시간을 담고 싶은 분들이라면 언제든 이곳의 문을 두드려보자. 다만, 가끔 이곳을 카페로 착각해 커피를 시켜놓고 사진만 찍고 가는 분들도 계시고, 책보다는 동네 시세가 더 궁금해서 관광하러 오시는 분들도 계시는데, 개인적인 공간을 침해당하는 주변 이웃에게 피해가 될 수 있기에 오직 책방에 관심이 있는 분들만 방문해주셨으면 좋겠다는 이야기를 조심스럽게 꺼내는 책방지기에게서 나름의 고민이 느껴졌다.

'나만 알고 싶은 숲속 작은 책방'이란 슬로건처럼 조용한 산자락 밑에 자리 잡고 있어 새소리, 개구리와 풀벌레 소

리가 하모니를 이루고, 늦여름에는 반딧불이도 볼 수 있는 청정지역에 위치한 단비책방. 평일에 찾아갔지만 책방지기와 이야기를 나누는 중에도 이곳을 방문하는 분들이 생각보다 많았다. 자신의 시간을 내어 여기까지 오는 분들의 마음은 다 같지 않을까. 느긋하고 편안하게 자연을 즐길 수 있는 마음의 아지트. 그리고 이곳에서 우연히 인생 책 한 권을 발견하게 된다면 더는 무얼 바라겠는가.

"주말에도 감사하게 많은 분이 오시지만, 평일에도 시간을 내 여기까지 오시는 손님들이 계세요. 이곳이 찾아오시는 분들께 편한 곳이었으면 좋겠어요."

책방지기의 인생 책과 영화 ◦

작가는 자신을 어른들을 위한 그림책 읽기 안내자라고 말합니다. 스무 살 무렵 늦은 성장통을 시작으로 그림책을 읽었고 성장기에 읽은 책을 다 합해도 그 시기에 미치지 못할 것이며 그림책 속에서 기쁨과 슬픔의 여러 이름을 알았다고 합니다. 조카와 언젠가 태어날 그들의 아이들에게 재밌고 이상한 이모이자 할머니가 되고 싶다는 작가의 글은 어떨까요? 제목부터 끌리는 책입니다.

이상하고 자유로운 할머니가 되고 싶어 [무루 / 어크로스]

2차 세계대전 당시 유대인 포로수용소에서 아들을 보호하려는 아버지의 감동적인 이야기를 코믹하게 풀어낸 명작이라고 생각합니다. 아버지 귀도의 희생이 아름답게 빛나는 요소요소들이 감동인 영화였습니다.

인생은 아름다워 [로베르토 베니니 감독 및 주연 / 이탈리아]

순창

책방 밭

@batt_sonen90

전북 순창군 동계면 동계로 17-1 (현포리)

월~금 11:00~18:00 | 주말 휴무

#찐농촌책방 #보따리구독 #함께살아가는관계

親 농촌 · 親 농사의 삶을 지향하는 밭
직접 농사지은 쌀과 농작물을 '보따리'로 드려요
지루한 농촌은 NO! 재미를 공유합니다

사람들은 저마다 자기가 갖지 못하는 것에 대한 궁금함과 부러움이 생기기 마련인데, 도시에 사는 사람들은 시골에 대한 로망이 있을까? 은퇴를 생각하는 나이가 되면 부모님이 계신 고향으로 회귀하려는 연어 본능이 있다는데, 대부분 도시에서 자라난 밀레니얼 세대들도 그런 생각이 들까? 그런데 여기 과감하게 고향을 만들어버린 도시 여자의 책방이 있다. 그것도 저기 시골구석에.

내가 도착한 시간은 해가 어스름해질 무렵. 시골길은 한산하다 못해 스산해졌다. '해가 일찍 지는구나!' 계절의 바뀜을 느끼며 차창 사이로 깊은 가을이 왔음을 알 수 있었다. 논은 추수 후 휑한 자태를 드러내고, 나뭇잎은 노랗고 붉은 색으로 갈아입었다. 내비게이션이 근처에 책방이 있음을 알려 주길래 주변을 두리번거리는데 눈앞에 들어온 자그마한 간판이 수줍게 책방임을 알리고 있었다. 조심스럽게 문을 열고 들어가니 외관과는 달리 세련된 책방 내부에

놀라고, 가게 안 카운터에서 고개를 빼꼼히 내미는 앳된 책방지기에 두 번 놀랐다.

밭의 이야기를 처음 접했을 때 들었던 생각은 농사일에 어느 정도 이력이 붙은 전문 농부가 그동안 하고 싶었던 책방을 열었구나 싶었는데, 어머나, 나이 지긋한 아주머니가 아니셨군요!

시골을 동경하는 도시 여자의 시골 책방

농촌에서 살고 싶은 도시 여자와 도시에서 살고 싶은 시골 남자가 만나 결국 이곳 순창의 농촌에 자리를 잡았다. 책

방지기는 서울에서 계속 직장 생활을 했지만, 시골에 살고 싶은 마음에 이곳에 놀러 왔다가 마을 사람들과 친해지게 되었고, 혈연도 없는 이 마을에 덜컥 정착하게 되었다. 비어있는 시골집을 보수하고 논을 빌려 농사를 지은 지 3년. 책방은 1년여의 준비를 거쳐 문을 연 지 이제 2년이 조금 넘었다.

넓은 통창이 시원해 보이는 밖을 내다보고 있으니 할머니, 할아버지 한두 분이 지나갈 정도로 휑한 곳인데, 그래도 이곳이 우체국도 있고, 농협도 있고, 면사무소도 있는 면 소재지의 번화가라고 한다. 산등성이 사이로 집 몇 채가 간간이 보이는 지역의 특성상 책을 읽으려는 분들이 많이 계시냐는 질문에 돌아온 대답은 없단다. 또 이곳 책방은 농사와 관련된 책을 주로 다루는데 이 마을 분들이 다

들 농사의 달인들이라 책을 읽을 필요가 없으시다고 하니 아니, 그럼 도대체 여기다 이 책방을 낸 이유는 뭐란 말입니까? 웃음이 터졌다.

대표님, 이래서 어디 월세는 내겠냐고 물으니 순박한 시골 처녀 같은 웃음으로 이 모든 걸 다 계획하고 책방 문을 연 건 아니라서 잘 모르겠다고 한다. 웃다가 눈물이 나올 지경이다. 그래도 SNS를 통해 농사에 관심이 있는 분들이 찾아오시기도 하고 관심사가 비슷한 분들이 만나 생각을 공유하기도 한다니 공간이 주는 힘이 대단하다는 사실을 또 한 번 느끼게 된다.

생각해보니 예전부터 농사를 지으셨던 분들은 부모님이 그랬으니까, 남들이 다 그렇게 하니까 따라서 씨 뿌리고 추수하고 이렇게 농사를 지었을 텐데, 요즘 자식 세대는 구전으로 내려오는 농사 방법보다는 더 효율적인 방법을 찾기 위해 교육도 받고 관련 서적도 찾아본다고 한다. 옆 나라 일본에는 관련 서적이 있지만 우리나라 상황과 맞는 책들은 생각만큼 많지 않고 그나마 나와 있는 책이라면 텃밭 가꾸기 정도라니, 농사 책이 출판계의 진정한 블루오션은 아닐까!

책방에 곱게 포장된 쌀이 눈에 띄어 보니 직접 농사지은 쌀이라며 뿌듯한 미소를 띠었다. 이번 '보따리'의 핵심은 이 쌀이겠구나. 책방지기는 자신이 직접 농사지은 쌀과 지역 농부들이 정성으로 가꾼 작물을 모아 책과 함께 배달하

는 '보따리' 구독 서비스를 하고 있는데 반응이 좋다. 달마다 키운 신선한 제철 농산물과 책, 그리고 편지에 마음을 담아 보낸다.

또 '밭'을 주제로 여기에서 연상되는 단어들이 담긴 영상, 그림, 사진 등을 예술가들과의 협업을 통해 SNS에 공개하며 젊은 농부의 신선함을 알리고 있다. 보통 동네 서점이 많이 하는 북토크를 이곳에서는 할 수 없기에 이곳의 특성을 살려 다양한 프로젝트들을 준비 중이다. 다음 프로젝트에 대해서도 살짝 귀띔을 해주셨는데 이 책이 나오기 전에 프로젝트가 시작될지도 모르겠다.

서점에서 가장 중요한 건 아무래도 책 입고일 텐데, 농사책들이 카테고리로 딱 정해진 것이 아니라서 책방지기가 일일이 찾아보고 한 권 한 권씩 입고하다 보니 책장을 채

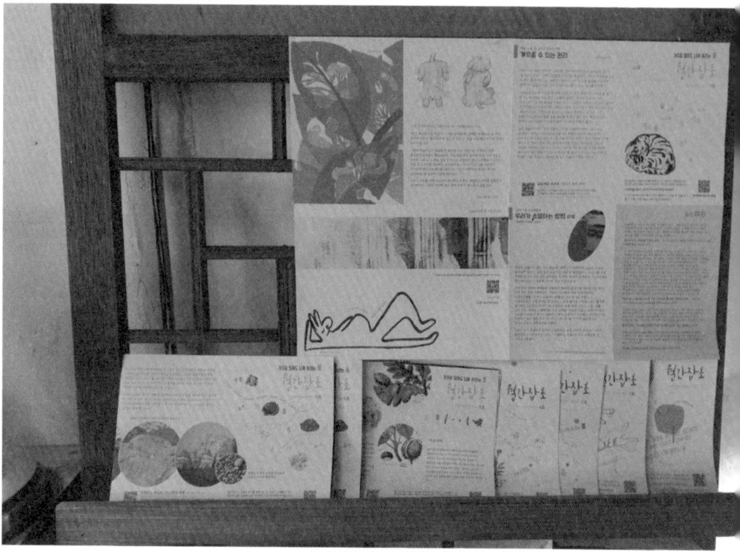

우는데 힘들었다고 한다. 아이고야, 책방지기 혼자서 하는 일이 참 많다. 책방지기는 사실 너무 바쁜데 인터넷을 쉽게 접하기 어려운 동네 어르신들은 젊은 처자가 책방에 콕 박혀서 뭘 하는지 걱정이 가득하다고 하신다. 동네 주민들이 책방에 모여 앉아 책방지기를 가운데 두고 우체국장님은 보험 설계사를 하라고 하시고 할머니들은 떡볶이나 만두 장사를 하라고 저마다 걱정이 담긴 조언을 해주신다는데 그 장면을 상상하니 절로 웃음이 났다.

동네 이웃이 누군지 관심 쓰지 않아도 살아가는 데 전혀 불편함 없는 도시를 떠나, 이 시골까지 내려와 어르신들과 친하게 쉬어 살아가고픈 마음이 크다는 그녀의 책방은 오늘도 활짝 열려 있다. 다만 작은 소망이 있다면 자신의 밭 앞에 책방을 차리고 밭일도 하면서 책방 손님들에게 농작물도 따주고 그렇게 함께 살아가는 관계를 배우고 싶단다. 오늘도 책방 밭의 SNS에는 다소 기괴하게 생긴, 도시 말로 하자면 상품 가치 없는 못난이 채소와 과일들이 주인공이 되어 올라온다. 토끼 모양의 대봉, 까치가 야무지게 파먹은 홍시를 보고 있자니 책방지기의 순박한 미소가, 창밖이 훤히 보이는 명당자리가 유난히 그리워지는 밤이다.

“‘귀농’, ‘귀촌’이란 단어보다 그냥 이 동네에 ‘이사 온 주민’으로 여기서 재미있게 오래 살고 싶어요.

책방지기의 인생 책 。

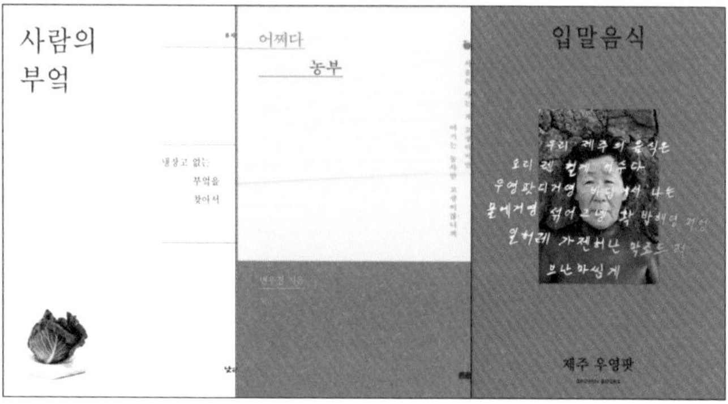

혼자 배운 지식으로 다른 사람들의 경험을 찾아다니는 책입니다. 자기 생각만 고집할 수 없는 환경에서 깨닫게 된 저자의 감성이 묻어나는 책으로 시행착오와 경험, 고민의 시간이 담긴 책들을 좋아합니다.

사람의 부엌 [류지현 / 낮은산]
어쩌다 농부 [변우경 / 토트]
입말음식 [하미현 / 갑우]

안동

가일서가

@gail_bookshelf

경상북도 안동시 풍천면 노동길 16 (가곡리)

수~일 12:00~18:00(예약제) | 월,화 휴무

#책방으로변신한고택 #글쓰는책방 #자연에서글을벗하는삶

|

250년 넘은 고택, 책방으로 변신하다
자연을 벗 삼아 느끼는 힐링의 시간
글 쓰는 책방에서 '나를 쓰다'

향교와 서원이 발달했던 경북 안동. 과거와 현재가 공존하는 안동 고택에 책방을 운영하는 곳이 있다는 얘기를 듣고 찾아가 보기로 했다. 지금도 곳곳에 문중을 이루고 살던 양반들의 마을이 있고 종가, 재사 등을 지내던 고택들이 많이 남아있다고 하는데, 그래서 그런가 한적한 마을로 들어서니 도시와는 사뭇 다른 풍광이 눈에 들어왔다.

소나무가 빼곡한 산 아래 낮은 집들이 옹기종기 모여 있고, 마을 어귀에는 작은 정자와 다소 기괴하게 생긴 천하대장군 지하여장군, 그 사이에 진또배기로 더 잘 알려진 솟대가 왠지 친근했다. 조용하고 한적한 길을 따라 올라가니 마을이 한눈에 보일법한 위치에 '가일서가'가 우뚝 서 있었다. 이곳은 안동의 대표적인 학자이자 살아있는 지식인으로 후학을 양성했던 병곡 권구 선생을 기리며 위패를 모시던 안동시 문화유산으로, 거의 방치되다시피 했던 폐가를 책방으로 리모델링한 곳이다.

폐가가 서가로 자리 잡기까지

가일서가를 운영하는 책방지기 부부는 각자 바쁜 도시 생활을 하다 결혼을 해 부모가 되었고, 아이와 함께하는 행복한 삶을 꿈꾸며 귀촌을 결심했다. 살다 보니 환경은 좋은데 아이가 커갈수록 도시와 비교해 부족한 부분들을 실감하고, 이를 보완하기 위해 고민하다 서점을 차리기로 했다. 주변 마을의 여러 집을 둘러보던 중 이 집이 나타났고, 250년 된 고택은 가일마을의 서가이자 사랑방이 되었다.

사실 이 건물은 동네 어르신들께 애틋한 장소다. 지금은 폐교가 되었지만 마을 앞 초등학교는 6.25 전쟁 이후 교실

이 부족했다. 교실을 대신하여 이 건물에서 아이들의 수업이 진행되었고, 그 추억이 이곳에 고스란히 남아있다. 몇십 년간 비어있던 이곳은 책방이 되었고, 사람들의 발길이 잦아지면서 아이들의 소리도 너무 반갑고 사람 사는 냄새가 난다고 마을 분들이 더 좋아하는 분위기다.
가일서가의 SNS를 보면 집을 처음 고를 때부터 이 집을 선택하고 수리하는 모습이 기록되어 있는데 지금의 모습과 사뭇 다른 처음의 공간을 보니 주인장들의 애정과 노고가 느껴졌다.

우리가 마루에 앉아 웃으며 이야기를 나누자 소리가 궁금했는지 검둥개 한 마리가 슬쩍 옆으로 온다. 이곳의 마스코트인 래브라도 리트리버 '세아'다. 대청마루에 앉아 세아가 누워있는 마당을 내려다보고 있으니 사방에서 부는

바람에 자연의 에너지가 느껴졌다. 미음(ㅁ) 모양의 책방 뒤로는 산과 밭이 맞닿아 있고, 처마 위 참새가 짹짹거리는 소리를 들으며 소박하지만 아늑하고 고즈넉한 이 공간이 '너무 좋다'를 연발하는데 마님께서 웃으며 청소가 일이라고 조곤조곤하게 나를 현실로 소환했다.

자연을 벗 삼아 살기에 원주인인 벌레들과 언제든 함께해야 하고, 한겨울에는 나무를 때고, 봄에는 소나무에서 날아오는 송홧가루와 씨름해야 한다는 것. 아… 그것이 현실이구나! 이곳에 산 지 1년 남짓 되었으니 앞으로 살면서 요령을 터득할 것으로 기대한다며 웃는 책방지기의 미소가 자연을 닮았다.

자연에서 글을 벗하는 삶

삼도재라 적힌 방으로 들어가니 개인 서재 느낌의 아담한

방에 책들이 놓여있었다. 정성스레 한 권씩 포장된 책에는 책방지기의 감상이 담긴 메모가 붙어 있고, 아이들의 눈높이는 그림책들의 차지다. 영어 원서들도 눈에 띄는데 책방의 프로그램 중 「영어책 읽기」가 있어 성인이나 아이 상관없이 참여할 수 있다.

'글 쓰는 책방: 가일서가'라는 이름에 맞게 「매일의 글쓰기: 매일력」이라는 프로그램도 진행하고 있는데 작년 9월 개점 후 시범 운영 기간에 6명의 아이와 첫 번째 책을 냈고, 올해도 10세 이하 아이들 5명과 함께한 '나를 쓰다2'가 출간됐다. 누구에게나 평등하게 주어지는 자유로운 표현의 방식, 글쓰기. 앞으로도 꾸준히 책을 발간한다는 목표로 글쓰기 프로그램을 진행할 예정이라고 한다.

아까부터 어디선가 들리는 웅웅대는 소리가 점점 가까워진다. 이게 얼마 만에 보는 추억의 방귀 차인가! 90년대 이전에 태어난 사람이라면 방귀 차를 따라가 본 경험이 한 번쯤은 있을 텐데, 공짜로 소독된다고 좋아하며 따라다녔던 기억이 새록새록 하다. 그러고 보니 어스름해질 무렵이라 사방이 뚫려있는 이곳이 모기의 밥상이 되겠구나 싶어 두리번거리자 여긴 모기 청정구역이란다. 책방지기보다 더 먼저 이곳에 터를 잡고 살던 박쥐들이 처마가 맞닿는 곳 안에 살면서 사람이 없는 늦은 밤 나타나 모기를 잡아먹는단다. 모기도 없고, 건물의 특성상 방음도 잘되어 지난 1월에는 시나리오 작가이자 감독으로 타짜를 연출한 권오광 감독(이분도 안동 권씨라고 한다)과 심야 책방을 진행하며 뜻깊은 시간을 갖기도 했다.

햇살이 따사롭고 아름다운 날이란 뜻을 가진 가일(佳日) 마을의 이름을 딴 가일서가. 이제 갓 돌을 지난 만큼 이름처럼 다양한 문화예술프로그램을 꽃피우는 공간으로 거듭나기를 기대해 본다.

"남들이 그래요. 왜 남의 집에 큰돈 들여가면서 고치고 사냐고… 근데 저는 이곳을 잘 쓰고 난 후 도서관으로 기증하고 싶어요. 누군가는 이곳에 편하게 와서 책을 볼 수 있었으면 좋겠고, 저희 책방을 계기로 가일마을을 비롯해 예쁜 마을들을 알리고 싶은 사명감도 있습니다. 여기는 노키즈존(No Kids Zone)이 없어요. 아이들의 목소리가 들리면 행복한 마을이랍니다.

책방지기의 인생 책 。

어릴 때 엄마가 선물해주셨던 책인데 지금까지도 가지고 있는 걸 보면 인생 책이라 할 수 있을 것 같습니다. 딸에게도 읽히고 싶었고, 서가에 올려놓을 책을 고를 때도 우선 고려했던 걸 보면요. 영어책 읽기 프로그램에서도 함께 읽고 있는 책입니다.

꽃들에게 희망을 [트리나 폴러스 / 분도출판사]

안양

밑줄서점

@yumibongbong

경기도 안양시 만안구 창박로 30 (안양동)

월~금 13:00~19:00 / 토 11:00~16:00 | 일 휴무

#작업실책방 #책대여점 #책방보다유명한책방지기

책방보다 유명한 책방지기가 운영하는 곳
종일 책을 읽어도 되는 '책 대여점'
당신의 삶에 밑줄 그을 책을 찾으시나요?

'밑줄서점' 요즘 책방의 이름들이 워낙 감성적이어서 그런지 서점이라는 단어가 오히려 낯설다. 안양이라고 하는데 어디 있을까? 하고 찾아보니 '병목안 시민공원' 인근. '병목안'이란 이름은 수락산 자락에 자리 잡은 모양새가 호리병의 내부처럼 생겼다고 하여 붙은 이름이다. 요새처럼 생긴 지형의 특성상 어찌 보면 서점이 생기기에 구석진 곳이라 정말 동네 사람들만을 위한 동네 책방인가? 생각하며 찾아보니 이번에는 '책 대여점'이란 문구가 눈에 띈다. 요즘도 책 대여점이 있다니.

책방이자 작업실, 그리고 나만의 공간
내 취향대로 꾸민 큐레이션. 중고 책도 팔아요.

내가 이곳을 다녀온 지 얼마 지나지 않아 책방지기의 7번째 신간이 나왔다. 그렇다. 이곳은 '문장 수집 생활' 저자로 유명한 이유미 작가의 서재이자 작업실이다. 처음 책방을 발견했을 때와 달리 같은 글을 쓰는 입장에서 보니 그렇게 부러울 수가 없다. 누구에게나 자신을 충전할 수 있는 동굴이 필요한데 지금 내가 앉아있는 이 공간은 나에게 급속 충전을 해줄 수 있을 것인가? 불빛이 새어 나가 가족들의 잠을 방해할 수 있기에 낮은 조도의 스탠드 하나 켜놓고 앉아 있으니 주변의 어지러움이 그나마 가려지지만, 갑자기 가로로 층층이 쌓아놓은 내 주위의 책들이 장벽처럼 다가와 숨이 막힌다. 이런 열악한 환경에 비하면 서점은 얼마나 쾌적한가!

2019년 12월, 직장을 그만두고 차린 서점. 출퇴근으로만 왕복 4시간을 허비하는 것을 감당할 수 없었고, 육아의 책임에서도 자유롭지 못한 엄마이기에 마음을 충전할 '자기만의 방'이 절실히 필요했다. 다른 삶을 살아보자는 마음으로 퇴사 후 3개월도 채 되지 않아 뚝딱 꾸민 책방은 집

과 5분 거리. 아이를 어린이집에 데려다주고 출근하는 발걸음이 너무나 가볍다는 말을 들으니 궁금했다. 이렇게 출근하고 싶은 직장이 또 있을까. 인근 학교에서 온 선생님 중 이런 책방을 만드는 것이 꿈이라고 얘기하는 사람도 있었고, '건물주'냐고 물어보는 사람들도 있었다.

서점 안을 둘러보니 오픈한 지 얼마 되지 않은 책방치고 책들이 빼곡하다. 책방지기가 읽고 싶은 책들 위주로 들여놓기에 안 팔리면 내가 읽는다는 생각으로 다양하게 비치한다. 애초에 대여점으로 시작한 이유가 책방지기가 소장하던 책이 많아, 책방에서 자유롭게 읽을 수도 있고, 중고 판매도 하기 때문이다. 특히 책방지기가 읽은 책에는 밑줄이 많이 그어져 있는데 그래서 탄생하게 된 이곳의 이름이 바로 '밑줄서점'이다.

책을 읽는 사람들도 저마다 습관이 있는데 나는 책 띠지도 상하지 않게 조심조심 펼쳐보는 스타일이라 우리 아이들이 책을 구기고 밟으면 자동으로 "야!" 소리가 절로 난다만, 책방지기의 밑줄 치는 습관이 훗날 서점의 이름이 될 줄이야. 새 책과 중고 서적이 같이 있으면 책방지기의 손때와 더불어 밑줄이 잔뜩 그어진 중고 책을 사고 싶다는 손님도 있는데, 그렇게 팔고 나면 내 책을 보냈다는 생각에 마음이 쓰리다고 한다. 이런 마음을 나는 알 거 같다. 집에 책이 자꾸 쌓여서 '책 나눔이라도 해볼까' 하다 멈칫하게 된다. 새 책처럼 깔끔하게 본 내 책도 그러한데 하물

며 나의 흔적이 남아있는 책들이라면 더 소중한 마음이 들지 않을까.

회사 프로젝트로 시작한 글쓰기가 내 책으로

앉아있던 테이블 옆, 책방지기의 책들이 유독 눈에 띈다. 아직은 책방보다 책방지기가 더 유명하기에 어떻게 이 많은 책을 쓸 수 있었는지 그 처음이 궁금했다.

시작은 회사 프로젝트였다. 회사에서 각자 1년 동안 할 수 있는 프로젝트를 제안했고, 어떤 걸 해볼까 고민하다 헤드 카피라이터로 일한 경험을 살려 '소설로 카피 쓰기'라는 주제로 브런치에 글을 연재하기 시작했다. 회사에서 시키니까 매주 꾸준히 연재할 수밖에 없었으나 이 글들이 쌓여 한 권의 묵직한 책이 되었다. 회사에 다니면서 여러 권의 책을 출간했는데, 업무에 방해되는 개인적인 일이라 치부하지 않고 서로 응원하는 분위기였기에 가능했다고 한다. 그 동료들이 퇴사를 아쉬워하면서도 책방을 연다고 했을 때는 또 다른 응원군이 되었으리라.

그렇게 책을 쓰고 강연과 강의를 한 이력을 알던 사람 중 책방지기가 회사를 그만두고 서점을 차렸다고 하니 개인적인 고민으로 찾아오는 경우도 종종 있다고 한다. 이 책방이 '브랜드 상담소'이자 '업무 미팅 공간'으로 변하기도 하는 것이다. 업무와 관련된 조언을 들으러 회사의 팀 하나가 온 경우도 있다고 하니, 자문료를 내려면 책을 왕창 사야겠다 싶은데 책방지기는 오히려 그렇게 찾아주는 사람들이 있어 감사하다는 마음을 전했다.
프리랜서 카피라이터이자 현직으로 왕성한 활동을 하는

작가의 작업실이 궁금하거나, 남의 방해 없이 온종일 마음대로 책을 읽을 아늑한 공간이 필요하신 분들이라면 이곳 밑줄서점으로 오시기를. 이 공간을 통해 만들어지는 다양한 사람들의 언어 하나하나가 모여 밑줄이 그어질 소중한 문장으로 탄생하기를 기대해본다.

“밑줄서점이 여러 사람의 마음을 충전할 수 있는 공간이 되었으면 좋겠습니다. 이곳에서 당신에게 말을 거는 책을 만나세요.

책방지기의 인생 책 。

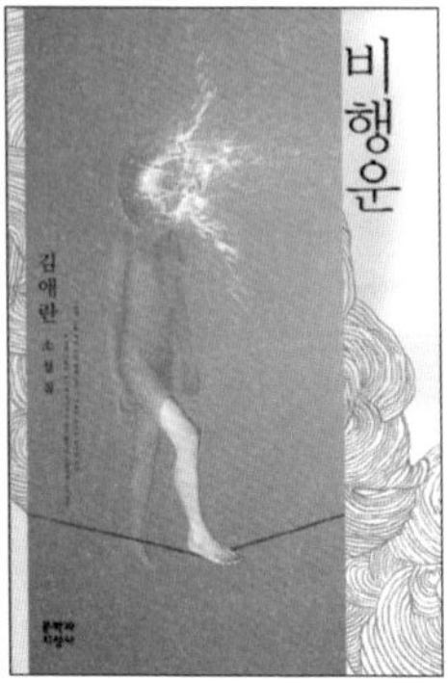

동시대를 사는 우리의 이야기가 담겨 있어 너무 와 닿았습니다. 이 책을 통해 소설의 매력을 더 잘 알게 되었고, 읽고 또 읽어도 밑줄 그을 문장들이 계속 생기는 책입니다.

비행운 [김애란 / 문학과지성사]

용인

우주소년

@spaceboy_127

경기도 용인시 수지구 수풍로 127번길 5 (동천동)

월~토 11:00~20:00 | 공휴일, 일 휴무

#독수리5남매 #우주소년프로젝트 #마을과상생하는책방

마을에서 자라고 살아가는 청년들이
운영하는 책방
책으로 마을을 만나는 환대의 공간

모바일앱에서 터치 한 번이면 살 수 있는 책. 적립금에 사은품까지 얹어주는 것도 모자라 당일 배송도 해준다. 이런 현실에서 동네 서점이 문을 닫는다는 얘기는 크게 놀라운 것도 없다. 그런데 그런 책방을 마을 사람들이 돈을 모아 살렸다고 하면 이야기가 달라진다. 그리고 운영을 마을 청년들이 한다니 도대체 어떤 곳이길래?

마을의 사랑방이자 청년들의 일터

나를 맞아준 건 동글한 눈이 귀여운 앳된 책방지기. 고등학교를 갓 졸업하고 성인이 된 그녀가 친구들과 함께 이곳의 어엿한 운영자가 된 계기는 고등학교 선생님의 제안에서 시작됐다. 마을 활동을 열심히 하시는 선생님은 진로를 고민하던 같은 학교 졸업반 4명에게 마을이 되살린 이곳 책방에 관한 이야기를 들려주며 마을 활동가들과 같이 운영할 기회를 만들어주었다. 중간에 한 명이 더 들어와

독수리 5남매 완전체가 된 그들은 같이 1년을 운영하면서 지자체의 프로그램 지원 사업을 기획하며 조금씩 참여하다가 올 3월부터는 온전히 맡아서 운영하게 되었다.

고등학교를 졸업하자마자 책방을 운영하게 된 셈인데, 나는 이 나이에 무슨 생각을 했던가 잠시 고민해보았다. 요즘 친구들은 고등학교를 졸업하면 꼭 대학이 아니더라도 자신의 진로에 대해 좀 더 유연하게 생각해 볼 수 있는 기회가 많지만, 내가 고등학생일 때는 대학은 당연히 가야 하는 것이었다. 인생 낙오자로 취급받지 않으려면 어떤 대학이든 가야 했고, 수능 점수 따라 정해지는 진로에 나의 꿈 따위는 우선순위에서 한참 밀리기 마련이었다. 딱히 꿈이랄 것도 없었고, 있다면 좋은 대학가기였다고나 할까. 그런데 이 친구들에게는 참 좋은 기회가 주어졌다는 것이

부럽기도 했다. 그런데 5명의 친구와 마음이 잘 맞을 수 있을까?

“혼자서 이곳을 운영했다면 절대 하지 못했을 거예요. 친구들이 함께했기에 여기까지 올 수 있었고, 하고 싶은 것을 할 수 있는 공간과 함께 할 수 있는 친구들이 있다는 것이 너무 다행이에요.

다만, 실제 운영을 한다는 것이 너무 어렵다는 것. 나도 이 나이 되도록 사는 것이 버거운데 쉬운 일이 어디 있겠냐만은 고등학교를 졸업한 지 얼마 되지 않은 책방지기는 어린 얼굴과는 달리 의젓함이 느껴졌다.

마을의 밤을 수놓을 프로그램들

우주소년에서는 매달 「재즈 나이트」란 프로그램을 운영하고 있는데, 책방의 공간을 잘 활용할 수 있게 책상을 옆으로 밀고, 책장을 배경 삼아 프로젝터를 내려 안락한 공간에서 음악을 함께 듣는 프로그램이다. 벌써 2년 가까이 운영되고 있는 만큼 높은 참여도를 자랑한다. 맥주를 마시며 함께 듣는 한여름 밤의 재즈라니 상상만 해도 느낌 있다. 심심한데 뭔가 딱히 할 일도 없을 때 슬리퍼 찍찍 끌고 나와도 부담 없을 우리 동네 책방.

특히 우주소년에는 보통 동네서점에서 보기 힘든 넓은 테이블이 두 개나 비치되어 있다. 그래서 마을 아이들과 함께 하는 방과 후 프로그램들이 진행되기도 하고, 얼마 전에는 심야 책방 프로젝트로 「필사의 밤」이 처음 진행됐었는데, 생각보다 많은 사람이 참여해 놀랐고, 각자 조용히 책을 읽고 자신이 좋아하는 문장을 필사해보는 부드러운 침묵의 시간도 뜻깊었다고 한다.

자신이 좋아하는 책을 가져와 편하게 읽고 좋은 문장들을 필사하는 서걱거림. 그리고 살짝 떨리는 목소리로 느낌을 나누고 공감해보는 시간이 앞으로 우리에게 하루빨리 다시 찾아올 수 있기를 기대해본다.

지속 가능한 책방을 위해 비상하는 우주소년 프로젝트

이 공간은 특이하게 개인의 소유가 아닌 마을과 마을의 청년들이 주인이다. 시작도 같은 고등학교 친구들이 마음과 뜻을 모았고, 그렇기에 매주 회의를 열어 비치 도서에서부터 운영과 관련된 여러 사항을 점검하며 지속하고 있는데, 이번엔 새로운 프로젝트에 도전했다.

바로 '인턴십'. 회사도 아니고 동네 서점에 무슨 인턴십? 이라고 생각할 수도 있는데 이 책방의 태생이 마을인 만큼 동네 학교와도 관련이 있다. 이번 인턴십은 마을에 있는 고등학교 2학년 중 일곱 명의 학생들과 8주 동안 진행

되었다. 그리고 이 내용은 책방에서 매달 발행하는 '우주소년기' 월간지를 통해 확인할 수 있다.

이곳에서 실전을 경험한 아이들이 학교를 졸업하고 사회에 나가 자신의 진로를 정할 때 얼마나 도움이 되겠는가. 향후 지금의 청년 매니저들이 1기를 마무리하고 시즌 2처럼 마을 청년들이 돌아가면서 이 공간을 키우고 발전시키고, 연어처럼 다시 돌아올 마음의 고향이 되어준다면 이 또한 굉장히 뿌듯한 순간이 아닐까 싶다. 마을이 청년을 키우고, 청년이 다시 마을을 키우는 상생의 관계 속에서 쓰일 '우주소년'의 이야기가 앞으로도 궁금해진다.

“책은 이야기이고, 책을 파는 것으로 그 이야기를 전하는 것이기에 어떤 이야기를 어떻게 전할지 관심이 커지는 만큼 운영에 대한 고민도 많아지는 거 같아요. 많은 분이 오셔서 함께하는 공간이 되었으면 좋겠습니다.

책방지기의 인생 책 。

우리 마을의 이야기입니다. 사람들은 왜 이 마을에서 더 많이 웃고 더 행복해졌을까? 얼마나 돈이 많은가보다는, 얼마나 베풀 줄 아는가가 중요한 변두리 마을에서 찾은 치유와 위로. 그리고 함께 보듬고 성장하는 사람들의 따스한 이야기가 담겨있습니다. 읽어보시면 우주소년이라는 서점이 가능했던 이유를 더 이해하기 좋을 뿐만 아니라 많은 마음을 느낄 수 있으니 편히 읽어보시길 추천합니다.

어느 날, 변두리 마을에 도착했습니다 [김효경 / 남해의 봄날]

용인

마을회관

@maeulbooks

경기도 용인시 수지구 신수로 767 (동천동), U-Tower A동 408호

월~금 12:00~14:00, 18:00~21:00 / 토 14:00~21:00 | 일,월 휴무

#오피스빌딩속책방 #철학책방 #책방을후원하세요

|

오피스 빌딩 내에 위치한 동네 서점
마을회관에서 이장님과 함께하는 유쾌한 시간
철학과 인문학을 사유할 수 있는 공간

이 서점의 운영 시간은 좀 특이하다. 평일에는 점심시간에 잠깐 문을 열고 오후에 다시 문을 연다. 책방지기가 직장인이라 사장님 몰래 점심시간에 짬을 내서 살짝 문을 열고 퇴근 후에 다시 문을 여는 건가? 생각하며 찾아간 곳은 29층이나 되는 지식산업센터 내에 있었다. 동네 서점은 보통 1, 2층 상가건물에 있게 마련인데 오피스타워 4층이라니 책방지기가 더욱 궁금해졌다.

사무실 문 사이에 책방이 숨어있다
철학, 인문 바탕의 큐레이션. 좋은 책을 지향합니다

나무판에 흰색 분필로 쓰여 있는 '마을회관 책' 여러 번 썼다가 지운 흔적이 있는 입간판. 들어서니 입구에서 바로 보이는 벽면 한쪽이 책으로 꽉 차 있었다. 정확히 말하면 12열 책장이 벽면을 가득 채우고 있는데 오피스 건물이라 층고가 높아 분위기에 압도되어 버렸다. 책을 좋아하는 부잣집 도련님의 서재에 놀러 온 느낌이었다. 책장 옆에는

얌전히 놓여있는 노란색 사다리를 보며 사다리를 올리고 책장 위의 책을 꺼내 먼지를 터는 상상을 했다. 나는 전생에 집사였나. 주인 없는 서점에서 내 집처럼 구경하고 있는데 긴 머리를 대충 묶은 한 남성분이 급히 들어왔다. "편하게 구경하세요." 어딘지 예술가 같은 분위기가 폴폴 풍겼다.

알고 보니 같은 층에 '글로리어겐'이라는 스튜디오가 있는데, 책방지기가 피아니스트 출신의 스튜디오 운영자로 녹음 준비에 정신이 없다고 했다. 아! SNS로 봤던 책방의 음악회 사진 속 배경이 이곳이었구나.

책방 여행을 하면서 각각의 공간들이 다 특색있고 저마다의 매력이 있다지만 오피스 빌딩에 있을 것이라고는 생각해보지 못했는데 이곳에 책방을 차린 이유가 궁금했다. 이

Who Moved My Cheese?
BILL BRYSON

건물 자체에 500~600개의 회사가 있고 많은 사람이 일하는 건물이기에 풍부한 유동인구를 기대하며 직장인의 힐링 장소가 되기를 바라는 마음이었지만, 잘 모르는 분들이 아직 많아 홍보가 필요하다고 한다. 하긴, 이곳에 책방이 있을 거라고 누가 상상이나 했겠는가.

"제가 나름 노린 것이 이름은 정겹지만, 책방 대문을 열고 들어오면 우리가 생각했던 마을회관과는 다른 세상에 온 듯한 느낌을 추구하고 싶었는데… 괜찮나요?

동네 책방에서 책들을 쭉 둘러보면 책방지기의 철학이 눈에 들어오는데, 이곳은 정말 '철학'이 담긴 책들이 많았다. 회관 안쪽의 안락한 방의 이름은 '디트리히 방'이다. 디트리히 본회퍼(Dietrich Bonhoeffer)는 독일의 목사이자 신학자로 반 나치스 운동을 펼쳤는데, 어릴 때는 본회퍼의

책을 폼으로 읽었지만, 살면서 인생에 많은 영감을 주었기에 본회퍼를 알리고 싶다는 마음으로 방 이름을 지었다고 한다. 한 권의 책을 소개하는 입장에서 정말 좋은 책을 권하고 싶기에 책방지기의 취향을 100% 반영한 책들로 꾸몄는데, 그래서 사실 잘 안 팔린다는 것이 함정.

대신 이 분야에 관심이 있는 교수님이나 학생들이 찾아오면서 또 다른 기회가 만들어지는 것을 보니 공간의 힘이 느껴졌다.

지속가능한 마을회관을 위해 후원합니다

그냥 와서 차도 마시고 내 집처럼 편히 앉아서 책보고 가라는데 그럼 도대체 어떻게 운영되는 걸까? 궁금해하니 테이블 구석에 놓여있는 나무집 모양 저금통을 슬쩍 내민다. 후원함 자리를 커피머신 옆으로 옮기는 게 어떻겠냐는

말을 조언이랍시고 하면서 책방이 계속 운영되어야 하지 않겠나… 오지랖 넓은 걱정을 하고 있으니 피아노 레슨도 하고, 영어도 가르치면서 부수입으로 이곳의 임대료를 채우고 있다며 웃는다.

"제가 후원하겠습니다." 호기롭게 말했는데 지금 생각하니 커피만 마시고 그냥 와버렸다… 정신이 늘 이렇다. 이 기회에 다시 방문해 후원하고 와야겠다. 이장님의 마을회관이 오래 함께하기를 바라며.

"내가 할 수 있는 최대한의 노력을 통해 이 공간에 오는 누군가와 함께 향유할 수 있는 것들을 자유롭게 나누면서 일상의 삶을 회복해 보고 싶은 바람이 있습니다. 그래서 이름도 '마을회관'이죠.

책방지기의 인생 책 。

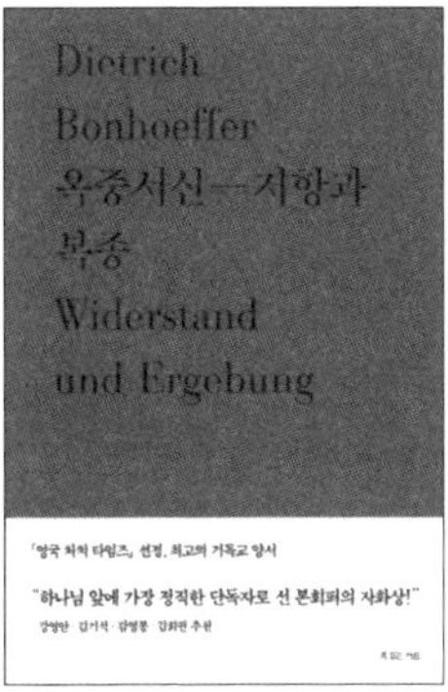

본회퍼는 2차 세계대전 때 독일 나치에 대항해 교회의 사회적 역할을 온몸으로 설득력 있게 호소한 독일 고백 교회의 목사이자 영향력 있는 신학자입니다. 반 나치스 운동을 통해 감옥에 갇혔고, 처형당하기 전까지 한 사람이 가진 고뇌와 신앙관이 잘 녹아있는 책으로, 종교를 떠나 한 인간으로서 꼭 읽어봐야 한다고 자신 있게 추천합니다. 저 또한 인생을 살면서 힘든 시기마다 영향을 많이 받은 책입니다.

옥중서신 [디트리히 본회퍼 / 복있는사람]

이천

오월의 푸른하늘

@maybluesky_bookshop

경기 이천시 마장면 덕평로877번길 16 (덕평리)

수~일 10:00~21:00(네이버 예약 이용 가능 | 4인 기본 2시간 2만 원, 인원 추가 시 인당 5천 원, 시간 연장 시 시간당 1만 원) | 월,화 휴무

#시간이멈춘책방 #시크릿책방지기찬스 #레오의다락방

손때 묻은 한옥 책방에서 자연과 함께하는 독서
아이들은 즐겁고 어른들은 행복한 책방
멋진 '책 밭'에 당신의 문학을 심어주세요

요즘 SNS에서 눈에 자주 띄는 조회 수 높은 영상이 있다. 한 책방에서 공간을 만드는 과정을 담은 건데, 아무리 봐도 '맨땅의 헤딩' 수준이다. 오래되고 방치된 집의 삭은 나무와 썩은 덩굴, 쓰레기를 치우고 맨바닥의 땅을 파 돌을 골라내고 톱으로 나무를 자르고 페인트칠을 해서 세우니 담장이 된다. 고른 바닥에 커다란 돌들을 무심히 던져 놓으니 돌다리가 된다. 이 책방지기는 금손인가보다. 영상이 한편씩 넘어갈수록 점점 모습을 갖추는 게 신기해서 직접 눈으로 보고 싶어졌다.

그렇게 찾아간 이천의 한 책방. 공사 차량이 분주히 오가는 도로를 지나다 보니 낮은 산자락 아래 작은 마을이 보였다. 골목을 들어서는데 어디선가 새의 지저귐이 청량하게 들렸다. 고개를 돌리니 돌들을 마구 쌓아 올린 듯 투박하지만 낮은 담장과 병풍처럼 산에 둘러싸인 한옥 한 채가 눈에 들어왔다. 푸른 하늘과 조화가 멋진 아담한 집. 주

인이 오래도록 애정을 쏟으며 가꿨을 법한 화단과 돌담길을 따라 안으로 들어가면 멋진 마당의 풍경이 한눈에 들어왔다. 와~ 하는 감탄사가 절로 나오는 마당을 가운데 두고 ㄷ자 모양의 한옥 세 채가 눈에 들어왔다. 젊을 때는 세련되고 크고 멋진 것들이 눈에 들어왔다면 요즘은 아담한 것, 고즈넉한 것, 소박하고 투박하지만 정다운 것들에 자연스럽게 눈이 간다. 나이를 잘 먹고 있다는 증거일까?

나무와 흙이 빚어낸 한옥에서 멈춘 시간

내가 찾아간 시점은 전면 예약제가 시행될 때라 예약을 해

야 방문이 가능했다. 예정된 시간보다 살짝 미리 도착해 마당을 구경하는데 꽃과 나무도 싱그러웠지만, 세월의 흔적이 고스란히 묻어있는 항아리, 호리병, 오래된 가구나 소품들이 예전부터 자신이 이곳의 주인이었음을 알려주고 있었다. 이 공간은 어떻게 탄생한 것일까?

이곳은 원래 책방지기의 외가였다. 책방지기가 어릴 때 아파트에 살면서 아토피가 심해지자 부모님은 과감히 도시생활을 접고 이곳에 내려와 한옥을 지으셨다. 덕분에 책방지기는 초등학생 시절 자연과 벗 삼아 신나게 놀면서 보냈다. 중학생이 되어서는 아버지를 따라 해비타트 활동을 하며 봉사하는 삶을 꿈꾸게 되었고, 관련 공부를 하기 위해 일본으로 유학 간 것이 그의 삶에 많은 변화를 주었다. 젊은 나이에 타지에 홀로 남아 공부를 하면서 외로움과 공

허함을 이기기 위한 방법의 마지막에는 결국 책이 있었고, 고전을 통해 나 자신과 인생에 대해 치열한 고민을 시작했다. 그러다 명절을 맞아 오랜만에 들른 외가와 이 마을은 어릴 때 보던 그때와 전혀 다르지 않았지만, 세상은 너무 많이 변해 있었다.

이 지역은 제대로 된 책방 하나 없는 문화의 불모지였다. 착잡한 마음으로 일본에 돌아가는 캐리어 안에 들어있던, 어머니가 아들을 생각하는 마음에 넣어주신 책 '무소유를 읽다(고수유 저)'를 읽으며 내가 먼저 해야 할 것이 무엇인가 생각하게 되었고, 선한 영향을 줄 방법을 고민하다 이곳에 책방을 열기로 했다.

어른과 아이, 모두가 행복한 책방

책방지기가 제일 먼저 입고한 책은 바로 그림책이었다. 그

얘기를 듣고 새삼 책방을 둘러보니 천장 서까래를 그대로 드러내고 하얀색 페인트를 칠해 밝은 분위기를 낸 한옥의 멋스러운 하나의 공간이 전부 그림책 서가로 꾸며져 있었다. 편히 뛰어놀 만한 공간이 없는 이 동네 아이들에게 도서관이자 놀이터 같은 공간을 만들어주고 싶었다는 책방지기는 이곳에서 아이들이 책의 재미에 빠져 무수한 꿈을 키울 수 있었으면 하는 바람을 전했다.

그림책이란 사실 어른이 되어 읽어도 그에 맞는 또 다른 재미와 즐거움을 얻기도 하지만 생각지도 못한 뭉클함과 따스한 감정을 얻을 수도 있기에 이런 팔색조의 매력을 알

리기 위해 책방에서는 그림책을 직접 만들어보거나, 책을 읽고 감상을 나누는 다양한 독서 모임이 활발하게 진행 중이다.

별채에는 소설이나 독립출판물이 모여 있는 공간 '홀로서기'가 꾸며져 있다. 이어져 있는 ㄱ자 모양의 책방 또한 공간이 협소하지는 않지만 동네 책방의 특성상 많은 책을 한꺼번에 구비해놓는 것이 쉬운 일은 아니다. 그렇다고 찾아오기 쉽지 않은 이곳까지 힘들게 방문해준 고객들인데, 찾는 책이 없다고 그냥 발걸음을 돌리게 할 수도 없는 노릇 아닌가. 그래서 이곳은 꼭 책을 사지 않더라도 소정의 이용료만 내면 시간제한 없이 책방의 모든 책을 읽어볼 수 있다. 커피값 한 잔 정도의 이용료를 지불하고 마음 편히 책을 볼 수 있는 공식적인 특권을 갖게 되는 것이다. 게다가 커피도 마음껏 마실 수 있다.

책을 천천히 읽어보며 원하는 책을 고르는 재미도 있지만, 무언가 그냥 읽고 싶을 때 주저하지 말고 책방지기 찬스를 이용해보자. 이 책방의 모든 책은 책방지기가 직접 읽고 입고하기에 내가 찾는 그 책은 없더라도 나의 인생 책을 발견할 수 있을지도 모른다.
그리고 이 멋진 공간을 오롯이 나 혼자만의 서재로 쓰고 싶다면 북스테이를 이용해 보는 것도 좋은 방법이다. 기존의 별채와 이어진 '레오의 다락방'을 예약할 경우, 새벽 1시까지 나 혼자 책방을 모두 사용할 수 있다. 아무도 없는 책방에 홀로 앉아 책을 읽고 사색할 수 있는 시간. 생각만 해도 근사하지 않은가!
11월에 문을 연 새로운 공간은 헌책방으로 꾸며졌다. 이

공간은 기존 책방과 조금 떨어져 있는 독립된 공간으로 한 팀이 독채를 전부 이용할 수 있는데 마치 시골 할머니 댁에 놀러 와 뒹굴거리며 책장의 책들을 자유롭게 읽는 기분을 느낄 수 있다고 하니, 나를 재충전할 시간이 필요한 분들에게 적극적으로 추천한다.

대형 서점에 가면 내가 읽고 싶은 책보다 타인의 취향으로 전시된 책에 눈이 가고, 도서관에는 칸에 맞춰 책이 빼곡히 꽂혀있어 빼내기가 조심스러운 데다 예쁜 표지들은 싹 벗겨져 있어 읽고 싶은 마음이 안 든다. 그런데 이런 동네 책방을 다녀보면 전면을 드러낸 책들이 저마다 자신을 멋짐을 뽐내고, 이를 든든히 응원하는 책방지기가 있어 평소 책을 가까이하지 못했더라도 책의 매력에 빠지지 않을 수가 없다.

그동안 뭐가 그리 바빴는지 되돌아볼 시간 없이 앞만 보며 달려왔다면 이제 잠시 쉬어가도 괜찮지 않을까? 그 옆에 동반자가 되어 줄 책 한 권 있다면 어디를 가도 외롭거나 쓸쓸하지 않을 것이다. 오히려 나를 묵묵히 바라봐주며 조용히 미소 짓는 책과 함께 소홀했던 나를 바로 세워보자. 다시 돌아오지 않을 오늘 이 시간을 내 인생 최고의 순간으로 만드는 일은 생각해보면 그리 어려운 것이 아니다. 누구보다 내가 제일 잘 아는 내 마음. 그 마음의 소리에 귀 기울여주기만 하면 된다.

“내 마음이 흔들리거나 힘들 때 편하게 쉬었다 갈 수 있는 공간으로 이곳을 기억해주셨으면 좋겠습니다.

책방지기의 인생 책과 영화 。

내가 정직한 마음으로 좋은 서비스를 제공하기 위해 정진한다면 어떤 일이라도 할 수 있겠다는 자신감을 준 책입니다. TV 다큐멘터리로도 추천합니다.

시골빵집에서 자본론을 굽다 [와타나베 이타루 / 더숲]

자신의 가치는 남이 아닌 나로 인해 평가된다는 것을 알게 해준 영화입니다.

악마는 프라다를 입는다 [데이빗 프랭클 감독 / 미국]

인천

Cosmo40 모두의 서재

@people_of_cosmo40

인천 서구 장고개로 231번길 9 (가좌동)

매일 11:00~22:00 | 연중무휴

#버려진공장의변신 #도시재생프로젝트 #서점아닌서재

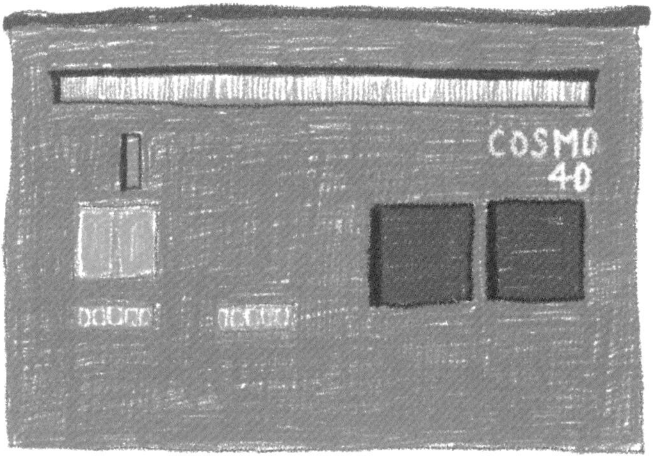

버려진 화학공장에서 복합문화공간으로 재탄생
특화된 큐레이션으로 공간을 담다
상상, 규제를 넘어 변화를 말하다

인천 서구 가좌동 주변으로는 공장이 많다는 정도로만 알고 있었는데, 언제부턴가 공사 차량이 바쁘게 지나다니고 바닥에는 먼지가 풀풀 날리더니 예쁘게 세워진 신축 건물들이 눈에 띄었다. 가좌동이 달라지기 시작했다.

도시 재생 프로젝트, 현대와 과거를 잇는다

조명이 반짝거리는 새로운 건물들 사이로 우뚝 선 'Cosmo40'이 눈에 띄었다. 40년간 사용되고 버려진 코스모화학 공장 건물을 리모델링해 새롭게 문을 연 복합문화공간이라고 하는데 가까이 가보니 2층에 책방이 있었다. 이름하여 '모두의 서재'

책방에 대해 소개하기 전, 먼저 어떻게 이곳에 이런 건물이 생기게 되었나부터 이야기를 시작해야겠다. Cosmo40이 서 있는 곳은 말 그대로 공장 터. 인근에는 아직도 공장들이 많다. 그런데 길을 건너면 넓은 주거지역이 펼쳐지고

반경 3km 내에 학교가 10곳 이상 있다고 한다. 2016년 코스모화학의 이전이 결정되면서 세월을 뒤로하고 하나씩 철거되는 공장들 속 마지막으로 덩그러니 남겨진 정제시설 40동. 이곳도 곧 철거될 날만 기다리고 있었다. 책방지기는 남겨진 폐공장이 궁금해 우연히 들어갔다가 예전 유럽에서 방문했던 여행지의 경험이 되살아났다.

얼마 전 고(故) 백남준 작가의 전시가 열려 우리에게도 알려진 '테이트모던(Tate Modern)'도 화력발전소를 개조해 런던의 랜드마크가 되었듯이 해외에는 이런 도시재생이 하나의 문화로 자리 잡았고, 우리나라에서도 문래동이나

성수동의 폐공장을 리모델링해 지역 발전을 꾀한 사례도 주목받고 있다. 오래된 산업 시설들이 다양한 문화공간으로 바뀐 사례를 떠올리며 이 공간을 새롭게 바꿔보고 싶다는 생각이 들었고, 이를 실행에 옮기기 위한 활용 방안을 모색하던 중 서울보다 부족한 전시나 문화생활을 위한 공간을 인천에 열고 싶은 욕심이 생겼다. 여기에 마음과 뜻이 맞는 전문가들이 모여 머리를 맞댔고, 2년여에 걸친 건물 리모델링을 통해 Cosmo40이 탄생했다.

다양한 시도, 영감을 일으키다

책방에 들어서니 깔끔한 내부와 잘 정돈된 책들이 마음에 들었다. 규모가 그리 크지는 않았지만 두 변이 넓은 창으로 되어 있어 탁 트인 창밖으로 밝은 기운이 들어왔다. 깜깜한 밤이 되어도 노란 불빛이 운치 있겠다 싶은 마음으로

서가에 꽂힌 책들을 살펴보니 내가 보던 기존의 책들과는 장르가 좀 달랐다. 낯익은 책들도 간간이 보이긴 했지만 좀 더 전문적인 컨셉을 가진 건축, 디자인, 예술 등 옆구리에 끼면 더욱 폼 날 책들이 눈에 들어왔다. 책방의 이런 책들은 누가 큐레이션 하는지 궁금했는데 Cosmo40의 총괄 디렉터인 책방지기가 주로 담당한다고 한다. 전공이 이 분야 신가요? 했더니 화학공학을 전공했지만, 전공과 직업이 꼭 같을 필요는 없지 않으냐며 웃는다. 하긴, 대학 진학을 위해 과를 정할 땐 마치 내가 그 과와 관련된 인생을 살게 될 것 같아서 너무나도 진지해지지만 대학이란 문을 통과하고 나면 세상이란 더 큰 문이 자리하고 있기에, '인생엔 정답이 없고 스스로 개척해 나가는 것'이라는 어찌 보면 뻔한 말이 다시금 떠올랐다.

전체적으로 공장의 굵직한 골격 위에 현대적인 감각을 입혀 재탄생한 Cosmo40. 이 넓은 공간을 채우는 과정에서 여러 가지 가능성이 고려됐겠지만, 이곳에 오는 모든 사람이 통할 수 있는 길목이라 단순히 상업적인 관점만으로는 책방보다 더 수익을 낼 수 있는 상품들로 채우는 것이 이익이지 않을까 싶었는데, 왜 하필 책방으로 꾸몄을까? 게다가 무난히 집어들 수 있는 소설이나 시면 몰라도 건축, 디자인이라니.

책방지기는 처음부터 이곳에 책방을 염두에 두고 있었지만, 이런 큐레이션을 고집한 것은 아니었다. 이 공간이 도시 재생의 사례로 언급되면서 관련 분야의 학생이 견학을 오기도 하고, 전문가들의 발걸음이 많아지면서 공간과 연관되어 이해도를 높일 수 있는 분야의 책들로 서가가 자연

스럽게 채워지기 시작했고, 여러 번의 테스트를 통해 이곳만의 색깔을 찾게 되었다.
층고 높은 공간 벽면에 이곳의 변화상이 큰 사진으로 전시되어 있었고 그 아래 관련 분야의 책들에 자연스럽게 눈이 갔다. 쉽게 접할 수 없는 책들이라 그런가 신선하면서도 호기심이 생겨 몇 권 들고 스르륵 넘겨보았다. 각각의 개성 있고 멋있는 표지들이 시선을 끄는데, 난이도별로 책이 구비되어있어 초보자의 접근도 어렵지 않았다.

책방 뒤쪽으로 1, 2층이 연결된 큰 홀에서는 방치된 이차 산업의 현장이 새로운 공간으로 변신한 이후, 책방과 연계된 전시, 플리마켓, 요가 강습, DJ 공연과 스케이트보드 이벤트 등 정형화되지 않은 행사들이 열린다. 행사가 없을 땐 누구나 편하게 앉아 여유롭게 책을 읽을 수도 있고, 뒹

굴뒹굴해도 눈치 주는 사람이 없는 공간으로 변신하기도 한다.

책방지기는 이곳이 누구에게나 오래 머무르며 '쉼'의 공간이 되었으면 하는 바람에서 '서점'이 아닌 '서재'라고 이름을 붙였다. 앞으로도 이곳이 책과 음악, 전시뿐만 아니라 창작자나 기획자들이 지속해서 교류하는 공간이자 영감을 받으며 탄생하는 다양한 콘텐츠들을 실험적으로 선보일 수 있는 복합문화공간 되었으면 하는 바람을 전했다.
오랜 역사가 만들어낸 옛 바탕에 새롭게 칠한 그림이 더욱 매력적인 Cosmo40, 그리고 그 안의 보물 같은 공간 '모두의 서재'. 책방을 통해 소통의 공간이 열리고, 다양한 모습으로 변신할 공간의 미래가 기대된다.

" 시작한 지 그리 오래되지 않아서 여러 시행착오를 겪고 있지만, 좋은 변화로 이어질 수 있도록 계속 노력하겠습니다.

책방지기의 인생 책 。

추천 책을 골라 달라는 얘기를 듣고 문뜩 떠올랐습니다. 대학 시절, 인생의 방향에 대해 고민하게 했던 책입니다.

지와 사랑 [헤르만 헤세 / 소담출판사]

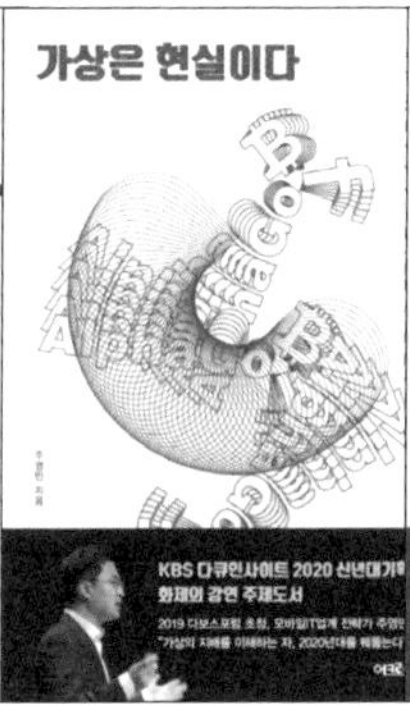

Ways of Curating [한스 울리히 오브리스트 / 아트북]

가상은 현실이다 [주영민 / 어크로스]

도시는 왜 불평등한가 [리처드 플로리다 / 매경출판]

화성

문화살롱 다락

@daraaaaak

경기도 화성시 향남읍 발안양감로 193 (하길리), 에코프라자 303호

일~금 15:00~01:00 / 토 18:00~01:00 | 휴무 SNS 공지

#책도팔고술도팔고 #문화생활을향유하는살롱 #지역문화공간

책과 술이 있는 감성 문화공간
서점, 와인바, 공연장 and…
다양한 행사들로 재미가 가득한 '다락방'

화성 신도시 그 번화가의 중심에 있는 '문화살롱 다락'은 신도시 내에 발달한 상업지구, 특히 그 안에 로데오 거리라 불리는 유흥가 밀집 지구에 위치한다. 밤에는 네온사인이 번쩍이고, 고기 굽는 냄새와 치킨 냄새가 뒤섞여 우리의 다이어트를 야멸차게 비웃을 법한 가게들을 바라보다 절로 나오는 한숨에 하늘을 올려다본다면… 이곳을 바로 찾을 수 있다.

책 파는 술집이자 술 파는 책방

술을 마셔도 채워지지 않는 허전함과 공허함. 그렇다면 책을 통해 위로를 받아보자. 와인 한 잔 시켜놓고 창밖을 바라보고 앉아 우아하게 책장을 펼친다면 눈으로 글자를 좇지 않아도 충분히 마음이 채워지리라. 혼자서도 전혀 어색하지 않을 이곳에서 추천하는 명당자리는 바로 창가 자리가 되겠다.

어떻게 이런 유흥가 사이 3층에 다소 생뚱한 느낌의 책방을 차리게 됐을까? 출판사에서 일하면서 책과 함께 살았기에 서점 특유의 안락함을 기억하는 책방지기. 언니 집에 얹혀산다는 이유로 이곳 화성 향남읍까지 오게 되었는데 주변에 서점이 없던 것이 못내 아쉬웠다. 가까운 서점에는 아동도서나 문제집 위주의 책들만 가득했고 그나마 이곳도 차를 타고 나가야 하는 거리였다. 2년이 지나도 서점이 생기지 않자 결국 책방지기는 직접 차려야겠다고 마음을 먹었다. 책 좋아하는 사람들의 가장 큰 실수가 책방을 차리는 것이라는 우스갯소리가 웃픈 현실이기에 책방지기도 단순히 책방만 운영하는 것보다 문화생활에 목말라 있는

지역 인프라를 고려해 복합문화공간이라는 콘셉으로 문을 열게 되었다.

문을 열고 들어가면 생각보다 널찍하게 트인 공간을 마주할 수 있는데, 책이 빼곡히 놓인 책장과 술을 마실 수 있는 테이블이 함께 놓여 있어 살짝 당황스러울 사람들도 분명 있을 것이다. 나도 그랬다. 술 마시러 왔다가 책을 보고 갑자기 경건한 마음이 들거나 저녁에는 책을 사러 오기가 불편할 수 있지 않을까. 마치 저녁에 고깃집에 오면 단품 갈비탕만 시켜 먹기 미안한 마음 같은? 그러나 틈새시장은 분명히 존재했다. 낮에는 유모차를 끌고 책을 보러 오기에

편리하고, 저녁 독서 모임에는 가볍게 맥주 한잔 곁들여 책 수다를 떨 수 있으니 교양과 여흥을 동시에 즐길 수 있어 일타쌍피의 효과를 얻을 수 있었다.

문화살롱 다락에서 준비 중인 다양한 행사들

두근거리는 마음으로 문을 열고 들어섰을 때 처음 대면한 책방지기의 인상은 "대표님은 어디 계신가요?"라고 물을 뻔했을 정도로 앳되었다. "알바라고 해도 믿겠다."라며 여자들끼리의 흔한 덕담 속에 왁자하게 웃고 시작한 우리의 인터뷰는 수다 잔치라고 할 정도로 즐겁게 떠들다가 시간이 금방 지나갔다. 많은 동네 책방이 그러하듯 혼자 이 넓은 공간을 꾸리며 다양한 행사를 기획하고 실행하는 게 쉽지는 않을 텐데 매장에 좋은 책이 널렸지만 온전히 책만 읽을 시간이 없다는 푸념이 거짓이 아니었다.

이 공간에서 많은 사람이 좋은 시간을 만들 수 있게 준비하는 것도 오롯이 책방지기의 몫이기에 북토크, 독서 모임, 철학 수업을 비롯해 원데이 클래스, 공연, 문학 기행 등 매주 다양한 프로그램들을 준비하고 있다. 실상은 본인 인건비도 안 나오는데 직원을 구하고 싶을 정도라고 하니 그 마음이 이해됐다. 나도 예전 잠깐 제2의 인생을 준비하겠답시고 자영업에 몸을 담은 적이 있었는데 그때의 내가 떠올랐다. 당시에는 뭘 몰랐기에 힘들고 고생스러운 시간이기도 했지만 이렇게 책방지기들과 만나면 그들의 마음을

진심으로 이해할 수 있는 접점이 있어 반가울 때가 많다. 다녀와서도 계속 SNS를 통해 근황을 엿보고 있는데 내가 앉았던 그 자리에서 독서 모임이 진행되거나 여러 행사 소식을 들으니 괜히 더 반갑다. 유쾌하고 솔직한 책방지기와의 만남은 그렇게 마무리됐지만, 다시 한번 다락의 다양한 행사를 경험하기 위해 방문하고 싶다. 물론 씩씩한 책방지기의 안부도 궁금하고.

"내 삶에 가치가 있고, 뭔가 사람들에게 도움을 줄 수 있는 접점을 찾다 보니 책방을 내게 되었습니다. 많은 사람이 편히 찾아주셨으면 좋겠어요.

책방지기의 인생 책 。

너무 많아서 하나만 고르기가 어렵지만, 그럼에도 불구하고 굳이 고르자면 저는 박웅현 님이 쓴 〈여덟 단어〉를 추천합니다. 어렸을 때는 책을 많이 읽었는데 성인이 된 후로는 학업이나 일 때문에 읽는 책을 제외하고는 책을 거의 보지 못했습니다. 학교 다닐 땐 전공서에 치이고 취업을 하고 나서는 책에 치여서 텍스트를 보고 싶지가 않더라고요. 그런데 〈여덟 단어〉를 읽은 시기를 기점으로 다시 제가 좋아하는 책들을 엄청나게 읽기 시작했습니다. 책 읽는 기쁨을 다시 찾아준 책이랄까요.

여덟 단어 [박웅현 / 북하우스]

퇴근 후, 책방 여행

초판1쇄 인쇄 2021년 1월 20일
초판1쇄 발행 2021년 2월 3일

지은이 이연주
펴낸이 최병윤
편집자 이우경
펴낸곳 리얼북스
출판등록 2013년 7월 24일 제2020-00004호
주소 서울시 서대문구 증가로30길 29-2, 1층
전화 02-334-4045 팩스 02-334-4046

종이 일문지업
인쇄 이든미디어

ISBN 979-11-86173-97-8 03810
가격 13,500원

이 도서의 국립중앙도서관 출판예정도서목록(CIP)은 서지정보유통지원시스템 홈페이지(http://seoji.nl.go.kr)와 국가자료종합목록 구축시스템(http://kolis-net.nl.go.kr)에서 이용하실 수 있습니다.